Die Kuhlengräber

von Klaus-Dieter Budde

Buchbeschreibung:

Das Stader Ermittlerteam um Kriminalhauptkommissar Heino Kleinemeier hat es diesmal mit einem stichhaltigen Mord an einem aufstrebenden Jungunternehmer zu tun. In einem Milieu aus Gier, Hass und falsch verstandener Bruderliebe ist es zunächst schwer für das Ermittlerteam die Motivlage zu erfassen. Eine kleine Spinne aus dem Australischen Outback bringt schließlich etwas Licht in den Fall. Doch dann folgt ein zweiter Mord und bringt die Ermittler in die Bedrouillie. Es folgen Recherchen in den verschiedensten Gesellschaftsschichten, vom Großreeder bis hin zum Bestattungsunternehmer gerät jeder unter Verdacht. Erst der Ehrgeiz einer Laborassistentin bringt sie einen deutlichen Schritt weiter..

Über den Autor:

Klaus-Dieter Budde, Jahrgang 1956, lebt im niedersächsischen Landkreis Stade. Die Stader Geest ist dem gebürtigen Ostwestfahlen ans Herz gewachsen. Die Kuhlengräber ist sein dritter Kriminalroman vom Stader Ermittlerteam um Kriminalhauptkommissar Heino Kleinemeier. Budde der bereits als jugendlicher Kurzgeschichten schrieb, entschied sich, nach Abschluss seiner beruflichen Laufbahn, die Schreibarbeit wieder aufzunehmen. Mit seiner Affinität zur Region und der Ortskundigen Erzählweise, erobert er in kurzer Zeit seine Fangemeinde. Budde ist begeisterter Wanderer. Der Schutz der Umwelt, das Tierwohl sowie Nachhaltigkeit im täglichen Leben sind für ihn ein Selbstverständnis.

Dieses ist ein Roman, also eine erfundene Geschichte. Die Handlung und sämtliche Personen des Romans sind frei erfunden. Jede Ähnlichkeit mit einer lebenden oder verstorbenen Person ist zufällig.

*

Bibliografische Information der Deutschen Nationalbibliothek: Die Deutsche Nationalbibliothek verzeichnet diese Publikation in der Deutschen Nationalbibliografie; detaillierte bibliografische Daten sind im Internet über dnb.dnb.de abrufbar.

Impressum:
Herstellung und Verlag: BoD – Books on Demand, Norderstedt
Internet: klaus-dieter.budde@gmail.com
1. Auflage, Dezember 2022
ISBN: 9783756888924

Die Kuhlengräber

von Klaus-Dieter Budde

Inhaltsverzeichnis

Kapitel 1

Im Bestattungsinstitut Gräber geht alles seinen Gang. Der Bestatter Hagen Gräber bugsiert den Körper des Toten auf den Waschtisch und entkleidet die Leiche. Ein Verkehrsunfall hat ihnen den Leichnam beschert. Ein Motorradfahrer, der von einem Traktorfahrer übersehen wurde. Sah nicht schön aus an der Unfallstelle, als sie das Unfallopfer abholten, das einen Genickbruch davongetragen hat.

Hagen ergreift eine stattliche Schere und trennt die Lederbekleidung vom Körper. Hier macht er nicht groß Federlesen, wenn die Angehörigen nicht darauf bestehen, die Klamotten zu erhalten, zerschneidet er die Bekleidung.

Das erleichtert das entkleiden. Im Hintergrund spielt James Last dezent Tanzmusik vom Plattenteller. Hagen ist ein geachteter Fan des klassischen Standarttanzes und hört sich bei der Arbeit ab und zu Tanzmusik an.

Im Ergebnis hat er die Lederkombi entfernt. Was die Leute so alles als Unterwäsche tragen, verwundert ihn nicht mehr. Der Herr den er zurzeit auf dem Tisch liegen hat bevorzugte Damenunterwäsche, wie es aussieht. Diese ist rasch entfernt und in der am Tisch stehenden Tonne entsorgt.

Hagen beginnt mit der eigentlichen Körperreinigung. Das ist keine feine Sache und nichts für Sensibelchen, gleichwohl ein wesentlicher Bestandteil der Arbeit eines Bestatters. Sorgfältig geht er seiner Verrichtung nach, nachdem er den Leichnam gereinigt hat, trocknet er diesen sorgsam ab und desinfiziert ihn. Dabei massiert er den Körper gezielt, um die Leichenstarre zu lösen, damit er später den Biker in die finale Position bringen kann. Im Folgenden reinigt er die

Die Kuhlengräber, c 2022 Klaus-Dieter Budde

Körperöffnungen, um den Flüssigkeitsaustausch vornehmen zu können.

Es ist der Wunsch der Angehörigen, das Unfallopfer in einem offenen Sarg zu präsentieren, damit die Biker Kumpels sich verabschieden können. Hierzu ist es erforderlich, dass der Tote einbalsamiert wird. Gegenwärtig lässt er mit einer besonderen Pumpe die Körperflüssigkeit ab und ersetzt sie durch eine spezielle Einbalsamierungsflüssigkeit. Alle Hohlorgane werden dabei berücksichtigt. Zum Abschluss verschließt er die Körperöffnungen, um ein Entweichen der Flüssigkeit zu verhindern. Im weiteren Verlauf wird der Mund geschlossen, hierzu verwendet Hagen einen Kleber. Um einen schlafenden Eindruck zu erwecken, fixiert er die Augenlider mit speziellen Kunststoffkappen.

Das Telefon klingelt, Hagen schiebt den Leichnam vorerst wieder in die Kühlung. Am Nachmittag muss der Biker zusätzlich geschminkt werden, da er im offenen Sarg aufgebahrt wird.

«Bestattungsinstitut Gräber, Hagen Gräber!», meldet er sich und macht sich ein paar Notizen.

«Ja da kommen Sie am besten heute Nachmittag vorbei und ich fertige Ihnen eine Darlegung für die weitere Vorgehensweise.» Hagen schreibt sich einen Namen auf und notierte 15:00 Uhr dahinter.

Fröhlich, den Namen habe ich schon mal gehört, grient er und begibt sich in die Umkleide.

Nachdem er geduscht hat, verschließt er sorgfältig das Bestattungsinstitut und fährt mit dem Rad in die Stadt, um in der „Messerschmiede" mittagzuessen.

Die Kuhlengräber, c 2022 Klaus-Dieter Budde

«Na bist spät dran heute», begrüßt ihn sein Bruder Benno, der am Vormittag einen Kunden aus Ottenbeck abgeholt hat.
«Wo hast du denn wieder geparkt?», fragt Hagen neugierig.
«Der Wagen steht unten am Hafen, ist ja keine Bruthitze heute, da geht das.»
Benno Gräber ist der Ältere der beiden. Mit fünfunddreißig ist er ein Jahr älter wie sein Bruder. Das Bestattungsgeschäft führen sie gleichberechtigt seit dem Tod ihrer Eltern, die früh verstorben sind. Das Geschäft mit dem Tod funktioniert manierlich, im Übrigen, haben die Brüder einen anständigen Ruf in der Branche.
«War was Besonderes?»
«Nee, hab den Biker bald fertig und ansonsten habe ich heute Nachmittag um 15:00 Uhr ein Beratungsgespräch für dich angenommen. Eine Familie Fröhlich, da ist der Ehemann verstorben», berichtet Hagen seinem Bruder.
Bevor Benno nachfragen kann, bringt die Bedienung das Essen. Schweigsam verzehren sie ihre Portionen, die unterschiedlicher nicht sein könnten. Hagen ist überzeugter Vegetarier im Gegensatz zu seinem Bruder, der die Fleischgerichte über alles liebt. Beim abschließenden Espresso hakt Benno nach.
«Ein Natürlicher tot oder wieder ein Unfallopfer?»
«Natürlicher tot, im Elbeklinikum verstorben», antwortet Hagen.
Gemeinsam verlassen sie das Restaurant und begeben sich getrennt auf den Weg zum Bestattungsinstitut.

*

Hagen widmet sich wieder dem Biker, der angekleidet und

geschminkt wird. Währenddessen verbringt Benno den neuen Kunden in den Kühlraum. Eine Fundsache, die er von der Rechtsmedizin abgeholt hat. Der Kunde erhält ein Armenbegräbnis, da keine Angehörigen ermittelt wurden. Diesen verstorbenen gewähren die Brüder ein anständiges Begräbnis, ihrer Überzeugung nach hat das jeder Mensch ohne Ansehen der Person verdient.

Gegen fünfzehn Uhr fährt ein Wagen vor. Benno Gräber schaut erstaunt auf, der Jaguar Limousine entsteigt eine gepflegte Dame mittleren Alters mit tizianroten Haaren, auf denen sie einen dunkelgrünen modischen Hut drapiert hat. Benno Gräber wetzt zur Tür und empfängt die Dame, die sich im Verlauf der Begrüßung als Gonda Fröhlich vorstellt, und bietet ihr einen Platz in der modernen Ledersitzgruppe in seinem Ausstellungsraum an.
«Zuerst spreche ich Ihnen mein Beileid aus», eröffnet Benno das Gespräch mit Gonda Fröhlich.
«Danke, ebenso dafür, dass ich kurzfristig vorbeischauen darf», sagt Gonda Fröhlich, die ihre Sonnenbrille abgesetzt hat.
Man sieht ihr die Trauer um ihren Ehepartner an, ihre Augen sind tränengerötet.
«Ich denke, ich zeige Ihnen zuerst, was wir im Angebot haben, bevor wir uns den Formalitäten widmen.»
«Ja das ist eine ausgezeichnete Idee», sagt Witwe Fröhlich und gibt sich der Führung durch den Ausstellungsraum hin. Benno Gräber zeigt ihr, nachdem sie ihm erklärt hat das sie eine Erdbestattung favorisiert, eine beträchtliche Anzahl von auserlesenen Särgen. Gonda Fröhlich entscheidet sich ohne

Umstände für Eiche rustikal. Dunkel gebeizt, mit Wulst und geschnitzten Ornamenten.

«Möchten Sie die Beschläge in Blech oder eher in Messing angefertigt haben?»

«Komplett in Messing!», legte sich die Dame fest. Nachdem sie den Totenschein ausgehändigt hat, verspricht Benno Gräber, den Leichnam heute im Laufe des Tages aus dem Elbeklinikum abzuholen. Daraufhin setzen sie einen Bestattungsvertrag auf, in dem alles geregelt ist, was eine hochwertige Beerdigung ausmacht.

«Da haben wir alles beisammen Frau Fröhlich. Ich verspreche Ihnen eine reibungslose Beisetzung. Wenn Sie Details nachreichen möchten, bis einen Tag vor der Bestattung ist alles denkbar», sagt Benno Gräber und geleitete die Kundin bis zu ihrem Jaguar.

Erkennbar geschafft steigt Gonda Fröhlich ein und verabschiedet sich mit der Andeutung eines Lächelns.

*

Benno begibt sich in die hinteren Räume, um seinem Bruder bei der Vorbereitung des Bikers zu unterstützen. Mit vereinten Kräften sind sie zeitnah fertig. Der Biker liegt bekleidet mit seiner Kutte und einer Black-Nugget-Bandana auf dem Kopf im offenen Sarg. Hagen setzt ihm eine Sonnenbrille auf, daraufhin fahren sie gemeinsam das Erdmöbel auf einem Rollwagen zum Leichenwagen, um ihn zur Aufbahrung in die Friedhofskapelle nach Hüll zu chauffieren.

«Im Anschluss fahren wir ins Elbeklinikum, um diesen Fröhlich abzuholen», erklärt Benno seinem Bruder auf dem Weg nach Hüll.

Die Kuhlengräber, c 2022 Klaus-Dieter Budde

Hagen nickt bestätigend, er vertraut seinem Geschwister, dass der bessere Planer ist. Dafür hat er eine höherwertige Ausbildung im Bestattungswesen. Sie ergänzen sich nutzwertig im Betrieb.

Am Friedhof in Hüll setzt er den Wagen rückwärts vor die Kapelle und gemeinsam bahren sie den Leichnam auf. Die vorab bestellten Kränze und den Blumenschmuck drapieren sie um den Aufgebahrten, sodass sich seine Biker Freunde angemessen verabschieden können. Später fahren sie zum Elbeklinikum nach Stade, um ihren Kunden abzuholen. Die Klinik ist benachrichtigt und übergibt den Leichnam nach Kontrolle des vorgelegten Bestattervertrages verzugslos an die Bestatter.

«Herzversagen!», stellt Hagen nach Durchsicht der beigefügten Unterlagen fest.

«In dem alter? Der muss ungesund gelebt haben, denn normal ist das nicht!», antwortet Benno. «Sachen gibts.»

Hagen macht sich seit Langem keinen Kopf mehr, warum die Kunden verstorben sind. Da ist sein Bruder voller Entdeckerfreude und fragt oft nach. Benno hat darüber hinaus dereinst bei einem Kunden Anzeichen einer Erstickung festgestellt und dass der Polizei gemeldet. Im Ergebnis hat man im Nachhinein ermittelt, dass der Kunde mit einem Kissen erstickt wurde. Da kam ein bemerkenswertes Dankeschön von der rechtsmedizinischen Abteilung. Die Angehörigen waren derzeit nicht amüsiert, da sich die Erbfolge durch das Tötungsdelikt beachtlich verändert hatte. Hagen grinst, wie er an die Presseberichte denkt, war eine verdammt erfreuliche Werbung.

«Was grinst du denn?», fragt Benno erstaunt.

Die Kuhlengräber, c 2022 Klaus-Dieter Budde

«Ach, bloß so», sagt Hagen rasch und fährt auf den Hof des Bestattungsinstitutes.

Gemeinsam verbringen sie den Kunden in den Kühlraum, anschließend ist Feierabend und jeder der Brüder begibt sich in seine Wohnung, die sich direkt über dem Institut befinden. Benno denkt am Abend lange über den gemeinsamen Betrieb nach. Was er und Hagen da im Laufe der letzten Jahre geschaffen haben, ist enorm. Nach dem Tod der Eltern haben sie ordentlich investiert. Ein neues Gebäude mit zwei Wohneinheiten im Obergeschoss sowie Räumlichkeiten für die Aufbereitung der Toten und einem Durchgang zum vorhandenen Trauerhaus mit Abschiedsräumen, wo sich die Angehörigen von ihren liebsten verabschieden. Ebenso einen neu gestalteten Ausstellungsraum mit vielfältigem Angebot, vom Edelsarg bis zur biologisch abbaubaren Urne haben sie alles im Kaufangebot. Eine behagliche Beratungsinsel mit familiärem Flair dominiert die Ausstellungshalle. Büro und Umkleide- sowie Duschräume runden das Bild eines modernen Bestattungsinstitutes ab. Eine Bürokraft und zwei Hilfskräfte gehören ebenfalls zur Belegschaft. Sie haben vollumfänglich im Sinne ihrer Eltern den Betrieb hergerichtet, um ihn in vierter Generation weiterzuführen.

«Das war ein Kraftakt damals», seufzt Benno, zum gegenwärtigen Zeitpunkt schreiben sie schwarze Zahlen und sind zufrieden mit sich und dem Betrieb.

Kapitel 2

Zwei Tage später, Hagen beschäftigt sich mit der «Fundsache».
Er bereitet den Leichnam für die Einsargung vor, gewaschen
und desinfiziert hat er ihn am Vortag, gegenwärtig kleidet er
ihn an. Da es sich um ein Armenbegräbnis handelt, ist hier
lediglich ein Totenhemd vorgesehen. Hagen hat selbstlos
einen gut erhaltenen schwarzen Anzug, aus dem second-hand
beschafft, und staffiert den armen Toten damit aus.
Das ist seine Art, den Respekt vor dem Verstorbenen zu
bewahren.

Sein Bruder Benno hat den Fröhlich auf dem Tisch liegen. Er
ist soeben mit den Reinigungs- und Balsamierungsarbeiten
fertig und macht sich an die Detailarbeit. Da Bertram Fröhlich
im offenen Sarg aufgebahrt wird, sind eine Reihe von
kosmetischen Details zu erledigen.
Zuerst bringt er den gepflegten Vollbart wieder in Form und
rasiert die Konturen frisch aus. Hier gibt es ja den Mythos das
bei Toten die Nägel und der Bart geraume Zeit weiterwachsen.
Das sieht durchaus so aus, hängt jedoch mit der Dehydration
des Körpers zusammen. Durch den Flüssigkeitsverlust ziehen
sich die Nagelhaut sowie die Haut im Gesicht zurück, Haare
und Fingernägel erscheinen länger.
Nachdem das Gesicht, das einen makellosen gepflegten Teint
aufweist, geschminkt und der Bart gebürstet ist, widmet
Benno sich den Nägeln. Inmitten in seiner Arbeit hält er
jählings inne.
«Hagen, komm bitte zu mir und schau dir das an!», bittet er
seinen Bruder zu sich.
«Was haste denn?», fragt Hagen und schaut seinem Bruder

über die Schulter.

«Hier schau, das ist ein Einstich direkt unter dem Nagel des Mittelfingers!», sagt Benno und deutet auf den Stich.

«Fürwahr, das ist merkwürdig! Hast du die Körperflüssigkeiten separiert oder bereits entsorgt?»

«Nee habe ich separat», antwortet Benno, er greift zu seinem Mobiltelefon und benachrichtigt die Kriminalpolizei in Stade. Bevor die Polizei kommt, entnimmt er der gesicherten Körperflüssigkeit zwei Proben, die er versiegelt und im Kühlschrank deponiert. Danach setzt er sich mit seinem Bruder vor die Tür auf eine Gartenbank und sie rauchen eine Zigarette.

«Moin, moin», begrüßt sie Kriminalkommissar Manuel Pieper, der mit Kriminalkommissar Jörg Merkens das Foyer des Bestattungsinstitutes betreten hat.

«Moin, ein bekanntes Gesicht», begrüßt Benno die Kriminalen und deutet auf Jörg. Dieser schaut leicht verwirrt und sieht den Bestatter fragend an.

«Erinnern Sie sich, die erstickte Leiche vor zwei Jahren?» Jetzt klingelt es bei Jörg, das war einer seiner ersten Mordermittlungen in Stade.

«Ja logisch, langsam kommt die Erinnerung zurück.»

«Sie haben sich zu Ihrem Vorteil verändert! Damals habe ich Sie zuerst nicht als Kommissar wahrgenommen.»

Manuel Pieper grinst sich eins.

Der Bestatter hat recht. Jörg Merkens trägt seit seiner Liaison mit Andrea Wilbau gepflegte Anzüge mit Weste und saubere

Die Kuhlengräber, c 2022 Klaus-Dieter Budde

Lederschuhe. Den Lotterlook mit Cordhosen und Holzfällerhemd hat Andrea ihm geschwind abgewöhnt.
«Ja man tut sein Bestes!» Kommentiert Jörg die Anspielung auf sein Outfit. «Sie haben den Verdacht das, bei einem ihrer Toten, was nicht stimmt?» Wird er wieder dienstlich.

Der Bestatter bittet sie nach hinten in die Vorbereitungsräume. Dort liegen zwei Leichen auf den Arbeitsplätzen zur Vorbereitung für die Beisetzung.
«Schauen Sie hier!» Beugt sich Benno Gräber über einen der Leichname.
Kriminalkommissar Manuel Pieper schaut mit einem Vergrößerungsglas, das ihm der Totengräber gereicht hat genauer hin und bestätigt die Vermutung des Bestatters. Desgleichen nickt Jörg Merkens, nachdem er nachgeschaut hat.
«Ok, ich rufe die Rechtsmedizin», sagt er und schreitet vor die Tür, um zu telefonieren.
Währenddessen sichert Manuel den Arbeitsplatz ab. Benno Gräber stellt einen Edelstahlbehälter neben den aufgebahrten Leichnam. Auf den fragenden Blick des Kommissars erklärt er, dass es sich um die Körperflüssigkeiten des Toten handelt.
«Wie jetzt?», sagt Manuel und schaut den Bestatter fragend an.
«Der Tote ist komplett einbalsamiert, dafür habe ich zuvor die Körperflüssigkeiten entnommen», klärt Benno Gräber ihn auf.
Was es alles gibt, denkt Manuel und macht sich auf den Weg nach draußen, er braucht frische Luft.

Die Kuhlengräber, c 2022 Klaus-Dieter Budde

Der graue Sprinter der rechtsmedizinischen Abteilung fährt vor und Dr. Grit Birkenfels zwängt sich aus dem Wagen.
«Moin Kollegen, Ihr seht nicht gesund aus?», begrüßt sie die Kommissare vor dem Gebäude.
Kriminalkommissar Merkens begleitet das Team der Rechtsmedizin ins Haus und stellt die zwei Bestatter vor.
«Ach Sie schon wieder!», begrüßt Grit die beiden mit Handschlag.
«Da brauch ich ja nicht nachschauen, akkurat wie Sie hier arbeiten, ist sicher was dran, an Ihrer Vermutung.»
Dr. Birkenfels erinnert sich im Gegensatz zu den Kommissaren sofort an Benno und Hagen Gräber, alles in allem hat sie derzeit stundenlang mit den beiden Bestattern zusammengesessen.

«Der Leichnam ist konserviert Frau Doktor!», erklärt Benno der Rechtsmedizinerin.
«Oh, da haben wir ein Problem, Ihre Vermutung zu untermauern.»
«Ich habe die Körperflüssigkeiten separiert», sagt Hagen, der bisher zugehört hat.
«...im sterilen Behälter und separat?», fragt die erstaunte Rechtsmedizinerin.
«Ja, das haben wir uns angewöhnt nach dem letzten Tötungsdelikt!», sagt Benno Gräber nicht ohne Stolz.
«Das haben Sie prima vorbereitet! Dann tüten wir den Leichnam ein und stellen den Behälter mit den Körperflüssigkeiten sicher. Ich versuche die sterbliche Hülle nicht zu zerstören. Brauche sie, um sie nach weiteren Spuren zu untersuchen.» Erklärt Grit Birkenfels den Bestattern und

Die Kuhlengräber, c 2022 Klaus-Dieter Budde

weist ihr Team mit präzisen Weisungen an.

«Benachrichtigen Sie die Witwe des Toten?»

«Ja klar, das übernehmen wir!», sagt Kriminalkommissar Manuel Pieper.

Er hat wieder einen Hauch Farbe erlangt. Nachdem Sie sich die Unterlagen kopiert haben, begeben sie sich auf den Weg ins Elbeklinikum, um zu erfahren, weshalb Bertram Fröhlich dort eingeliefert wurde und warum niemand die mögliche Vergiftung bemerkt hat.

*

Benno Gräber telefoniert mit einem alten Freund, der Inhaber eines Instituts für medizinische Labordiagnostik ist. Diese Art der Labordiagnostik umfasst die Untersuchungen von Körpermaterialien durch optische, chemische oder immunologische Analyse. Sie dient der Entdeckung von Erkrankungen bzw. der Therapiekontrolle durch Laborwerte.

«Finderich», meldete sich der Freund knapp am Telefon.

«Ich bin es Benno! Ich habe da was, dass du analysieren muss. Ich habe da bei einem Kunden einen Einstich entdeckt und wüsste gerne, ob ich mit meiner Vermutung, dass der Tote vergiftet wurde, richtig liege», erklärt Benno dem Freund.

Dr. Siegbert Finderich, der die Ausflüge seines Spezis in die Kriminalistik mit Wohlwollen betrachtet, sagt die Untersuchungen zu.

«Ich bringe die gekühlten Musterexemplare heute Abend mit zur Band-Probe? Wenn das für dich in Ordnung ist.»

«Ja mach das! Ich bringe eine Kühlbox mit», antwortet Dr. Finderich und beendet das Gespräch.

Benno ist heilfroh, dass er den enorm beschäftigten Freund rasch erreicht hat, da kann er die Körperflüssigkeitsproben heute Abend übergeben. Benno spielt hobbymäßig mit dem Doktor in einer Rockband. „Die Zeltfreaks", nennen sie sich, der Doc ist ihr Drummer. In der Zeltfestsaison sind sie bald jedes Wochenende unterwegs und spielen ihre Rockmusik auf den umliegenden Dorffesten. Im Frühjahr treffen sie sich regelmäßig zum Üben.

*

Kriminalkommissar Jörg Merkens telefoniert, auf dem Weg zum Klinikum, mit Kriminalhauptkommissar Heino Kleinemeier und berichtet von dem Ergebnis ihres Besuches bei den Bestattern.
«...und Ihr seid sicher das da, was dran ist?», hakt Heino nach.
«Klar! Frag die Grit, die ist der gleichen Meinung.»
«Ok, da fahrt Ihr zuerst zum Klinikum und anschließend zur Witwe, wenn ich das jetzt richtig verstanden habe?»
«Ja, das ist der Plan!», antwortet Manuel Pieper.
Unterdessen sind sie am Elbeklinikum angekommen, Jörg lenkt den Dienstwagen ins Parkhaus und stellt ihn auf dem Oberdeck ab.
Gemeinsam schlendern sie ins Klinikum und suchen nach dem richtigen Ansprechpartner.
«Ah hier!», deutet Jörg auf ein Hinweisschild, das zur Klinikleitung führt.

Die Dame am Empfang ist bemüht einen kompetenten Ansprechpartner zu finden. Manuel und Jörg werden zunächst

mit einem Kaffee in die Warteschleife komplimentiert.
Nach einer viertel Stunde kommt ein Herr im weißen Kittel auf sie zugestürmt und begrüßt sie herzlich. Der Herr, der sich mit Professor Herzfrickel vorstellt, ist zuständig für die Innere. Dort in der Kardiologie hat Bertram Fröhlich das Zeitliche gesegnet.

«Herr Professor, berichten Sie uns, wie es zu dem plötzlichen Tod von Herrn Fröhlich kommen konnte.»
«Ja, da gibt es nichts zu erzählen», berichtet der Mediziner.
«Herr Fröhlich hat sich am Montagmorgen hier in der Notaufnahme gemeldet und über heftige Bauchschmerzen geklagt. Durch Abtasten und anschließender Endoskopie wurde eine über, die Maßen starke Gastritis diagnostiziert. Herr Fröhlich wurde auf der Gastroenterologie aufgenommen und zielgerichtet medizinisch versorgt.
Am Dienstag ging es ihm erheblich besser, sodass wir planten, ihn am Mittwoch zu entlassen», berichtet der Professor weiter.
«In der Nacht zu Mittwoch kollabiert Fröhlich unvorhersehbar für uns. Er wurde auf der Intensivstation der Kardiologie notfallbehandelt. Obwohl wir ihn passabel stabilisiert hatten, verstarb er in der Nacht an einem Herzversagen», kommt der Professor zum Schluss.
«Keinerlei Anzeichen einer Vergiftung?», hakt Kriminalkommissar Merkens nach.
«Das haben wir nicht festgestellt, Haben auch nicht in dieser Richtung nachgeforscht, denn es war dem Augenschein nach, ein Infarkt.»
Der Professor schaut pikiert auf, wie Manuel ihm von der

Vermutung eines Giftanschlages in Kenntnis setzt.

«Hat Bertram Fröhlich während seines Aufenthaltes Besuch empfangen?»

«Oh, da habe ich keine Kenntnis, da müssen Sie auf der Station nachfragen. Ich werde dort Bescheid geben, dass man Ihnen Auskunft erteilt!», sagt der Mediziner und ist erleichtert, ob dem Ende der Befragung.

Die beiden Kriminalkommissare verabschieden sich, nachdem sie sich artig bedankt haben, und begeben sich auf die Gastroenterologie.

Im Schwesternzimmer treffen sie auf die Stationsschwester und befragen sie nach Besuchern für Bertram Fröhlich.

«Ja, das war hier wie im Taubenschlag, ständig verlangte jemand nach dem Herrn, kein Wunder das der, was mit dem Magen hatte!», plaudert sie los.

«Erinnern Sie sich, wer die Besucher waren?», fragt Kriminalkommissar Jörg Merkens hoffnungsvoll nach.

«Ja, ich denke! Lassen Sie mich kurz nachdenken. Da war der Bruder mit seiner miesepetrigen Ehefrau. Ein paar Mitarbeiter aus seinem Betrieb und logischerweise die Ehefrau des Verstorbenen. Eine Lady sag ich Ihnen!», beschreibt sie die Besucher, auf ihre Art.

Jörg will sich soeben bedanken, da fällt die Schwester ihm ins Wort, denn ihr ist noch was eingefallen.

«Die Schwägerin war am Abend zum wiederholten Mal da, um ihren Schwager unter allen Umständen zu sehen. Ich habe sie weggeschickt, weil ich dem Patienten ein Beruhigungsmittel gegeben hatte.»

«...und ist die Schwägerin fortgegangen?», fragt Manuel Pieper nach.

Die Kuhlengräber, c 2022 Klaus-Dieter Budde

«Das kann ich nicht sagen, bin gleich darauf gestört worden», berichtet die Stationsschwester.

«Danke das Sie sich die Zeit abgezwackt haben! Wenn Sie bitte morgen in die Teichstraße kommen, um das Protokoll zu unterschreiben, bin ich Ihnen dankbar.»

«Ja klar, das mach ich! Sagen wir gegen neun Uhr!», sagt die Stationsschwester und begibt sich wieder an ihre Arbeit.

Die Kommissare verlassen das Elbeklinikum und fahren in den Süden von Stade. An Rande der Heidesiedlung, unweit der Soltauer Straße, liegt das Anwesen der Fröhlichs. Als sie aussteigen und sich umsehen, sind sie fasziniert von dem unverbauten Blick in die im Frühjahr wunderschöne Barger Heide. Kriminalkommissar Manuel Pieper schreitet mit Jörg Merkens das Eingangsportal der stattlichen, nicht protzigen Villa empor und betätigt die Türglocke.

Eine Angestellte Hausdame öffnet die Tür und bittet sie, nachdem sie sich vorgestellt haben, in der stilvollen Empfangshalle zu warten.

Ein paar Minuten später erscheint die Dame des Hauses und bittet sie in den Salon. Sie bietet Kaffee an, was die Kommissare in Anbetracht ihres Anliegens dankend ablehnen.

«Was führt die Kriminalpolizei in mein Haus? Sie wissen, dass Sie ungelegen kommen, denn vorgestern ist mein geliebter Ehegatte einem Herzinfarkt erlegen. Da können Sie sich gewiss vorstellen das ich da keinen Kopf für Ihr polizeiliches Wirken habe!», sagt sie verbindlich.

Manuel Pieper gibt sich einen Ruck, denn Jörg macht keine Anstalten der Dame zu Antworten.

«Frau Fröhlich, wir sind nicht hier wegen eines

Die Kuhlengräber, c 2022 Klaus-Dieter Budde

Einbruchdeliktes oder Ähnlichem. Wir sind hier, weil es einen begründeten Verdacht gibt, dass Ihr Ehemann Bertram Fröhlich nicht eines natürlichen Todes gestorben ist!»
Gonda Fröhlich starrt die beiden Kriminalen erstaunt an.
«Wie kommen Sie darauf? Mein Ehemann liegt aufgebahrt im Bestattungsinstitut Gräber. Das kann nicht sein!»
«Herr Gräber hat uns angerufen, da er eine Unregelmäßigkeit am Leichnam Ihres Gatten entdeckte! Das ist seine Pflicht als Bestatter.»
«Wo ist mein Ehemann zur Stunde?»
«Ihr Gemahl verweilt derzeit für weitere Untersuchungen in der Rechtsmedizin!» Gibt Manuel bereitwillig Auskunft.

Gonda Fröhlich ist ehrlich bestürzt ob der Nachricht. Sie lehnt sich erschöpft in ihrem Designersessel zurück und schließt die Augen. Jörg Merkens steht auf und verlässt den Raum, er gibt der Hausdame Bescheid, das sie einen Arzt holen möge, da es Gonda Fröhlich allem Anschein nach schlecht geht.
Eine Angestellte bringt Kaffee, den die Kommissare nun dankend annehmen. Gonda Fröhlich bereitet sich einen Cognac. Sie hat sich wieder gefangen, ist sichtlich betroffen ob der Nachricht.
«Frau Fröhlich können Sie bitte morgen Vormittag, wenn es Ihnen was besser geht, auf der Dienststelle in der Teichstraße vorbeischauen? Sie können sich höchstwahrscheinlich Denken das wir ein paar Fragen an Sie haben», schlägt Kriminalkommissar Merkens die weitere Vorgehensweise vor.
«Ja klar! Ich muss Ihre Nachricht erst verdauen, ist ja auch sehr erstaunlich, da wir von einem natürlichen Tod ausgegangen sind.»

«Das ist verständlich», sagt Manuel Pieper und steht auf, um sich zu verabschieden.
Gonda Fröhlich bringt sie bis zur Tür, vor der, der eintreffende Hausarzt steht.

*

Auf der Dienststelle begeben sich Manuel und Jörg gleich an die Arbeit und recherchieren im Umfeld des Opfers.
Gonda Fröhlich entstammt einer Reeder-Familie aus Lübeck. Sie absolvierte ein Architekturstudium, arbeitet jedoch nicht in dem Beruf. Die Mutter ist früh an einer Krebserkrankung verstorben. Der Vater war als Großreeder oft in der Welt unterwegs. Gonda Fröhlich ist eine siegreiche Reiterin, die sowohl im Turniersport und im Distanzreiten einen guten Namen erlangt hat.

Bertram Fröhlich war ein erfolgreicher Softwareentwickler, der seit den 90er-Jahren Steuerungssoftware für namhafte Werften entwickelt. Die Software ist in allen möglichen Schiffstypen verbaut und für die Steuerung der Brandschutzanlagen verantwortlich. Hier vor allem auf Kreuzfahrtschiffen marktführend. Als alleiniger Patentinhaber in gewisser Weise eine Geldmaschine. Der Betrieb hat dreiundzwanzig Mitarbeiter. Bruder Wolfgang ist leitender Angestellter in der mechanisierten Produktion. Das Verhältnis der Brüder war anständig. Wolfgang wird ständig durch seine Ehefrau Meike darauf hingewiesen, wie erfolgreich sein Bruder ist und dass er als dessen Angestellter eher einen Verlierer darstellt. Da ist mit der Zeit Neid herangezüchtet worden, der nahezu nicht mehr zu kontrollieren ist. Wie

Die Kuhlengräber, c 2022 Klaus-Dieter Budde

Mitarbeiter berichten.

Meike Fröhlich die Schwägerin kommt aus ärmlichen Verhältnissen, Heimkind, bei Pflegeeltern aufgewachsen. Meike ist kein Menschenfreund. Sie fällt durch abrupte Stimmungsschwankungen auf. Treibt ihren Ehemann zu mehr Selbstvertrauen und Leistung an. Gier nach Erfolg und Geld prägen ihr Leben.

Kriminalkommissar Jörg Merkens ist erstaunt, was ein paar Telefonate in der unmittelbaren Nachbarschaft und am Arbeitsplatz der Protagonisten ans Tageslicht bringen.

Kapitel 3

Kriminalhauptkommissar Heino Kleinemeier ist spät dran. Er war früh in der Rechtsmedizin und nun auf dem Weg in die Dienststelle. Die Anhörung von Gonda Fröhlich steht bevor. Die Befragung beabsichtigt er mit Kriminaloberkommissarin Vivian Steffens durchzuführen, um sich ein Bild von dem persönlichen Umfeld des Opfers Bertram Fröhlich zu erstellen. Bevor er den Anhörungsraum betritt, betrachtet er sich im Spiegel, um seine Garderobe zu richten. Heino korrigiert den Windsor Knoten seiner hellblauen Seidenkrawatte und fährt mit der Hand durchs Haar. Dann betritt er den Vernehmungsraum, in dem die beiden Damen auf ihn warten. «Einen guten Morgen und entschuldigen Sie meine Verspätung! Ich bin leider dienstlich aufgehalten worden», begrüßt er Gonda Fröhlich und nickt Vivian zu.

Gonda Fröhlich ist eine schlanke gepflegte Erscheinung um die vierzig. Die mit ihren grünen Augen und dem tizianroten Haar zunächst wie ein verträumtes Mädchen herüberkommt. Dagegen spricht, ihre Weiblichkeit und ihr wacher Blick. Sie nimmt die Entschuldigung des Kriminalhauptkommissars mit einem müden Lächeln zur Kenntnis. Kriminaloberkommissarin Steffens erfasst zunächst die persönlichen Daten der Dame, um dann mit der ersten Frage die Anhörung zu eröffnen. «Frau Fröhlich, berichten Sie uns, warum Ihr Ehemann das Krankenhaus aufgesucht hat.»

«Am Sonntagabend hatte Bertram plötzlich starke Magenkrämpfe! Die sich in immer kürzeren Abständen wiederholten. Am Montag Morgen entschied er sich, das Krankenhaus aufzusuchen», berichtet Gonda Fröhlich, die sichtlich betroffen war.

«Wie haben Sie den Sonntag verbracht?», fragt Heino Kleinemeier dazwischen.

«Nach dem Frühstück sind wie zum Reiterhof nach Hagenah gefahren und haben einen gemeinsamen Ausritt unternommen. Zu Mittag haben wir im Barbarossa in Stade gegessen. Ab ca. vierzehn Uhr waren wir zu Hause. Spät am Nachmittag war meine Schwägerin da und hat uns die Haare geschnitten.»

«Ihre Schwägerin schneidet Ihnen die Haare?», hakt Vivian nach.

«Ja, Meike ist gelernte Friseurmeisterin und kommt regelmäßig zu uns, um uns die Haare zu herzurichten! Sie müssen wissen, Sie verdient sich damit ein bisschen Taschengeld. Das muss sie zwar nicht, denn mein Schwager hat ein gutes Einkommen, aber sie will das so», erklärt sich Frau Fröhlich.

«Den Abend haben wir gemeinsam vor dem Fernseher verbracht. Gegen zweiundzwanzig Uhr sind wir zu Bett.»

Kriminaloberkommissarin Steffens, die alles protokolliert hat, schlägt eine kurze Pause vor. Sie hat bemerkt, dass die Anhörung Gonda Fröhlich arg zusetzt. Gemeinsam begeben sie sich in die Cafeteria. *Chanel Ask for the Moon*, stellt Vivian mit Sachverstand fest, wie sie Gonda Fröhlich begleitet. Als Parfümliebhaberin kennt sie alle guten Düfte. Heino Kleinemeier der sich bisher deutlich zurückgehalten hat, eröffnet beim Kaffee ein scheinbar belangloses informelles Gespräch. Er ist erstrebt einwenig über das Verhältnis der beiden Geschwister zu erfahren.

Gonda Fröhlich gibt bereitwillig Auskunft, ja sie lobt das

Die Kuhlengräber, c 2022 Klaus-Dieter Budde

brüderliche Zusammenspiel auf der Arbeitsebene buchstäblich. Im Privaten treffen die Paare sich nicht oft. Da Meike die Frau des Bruders scheinbar perpetuierlich ein paar Spitzen gegen ihre bessere Hälfte abfeuert, was ihm erkennbar peinlich ist. Meike Fröhlich dagegen, ist gut mir ihrer Schwägerin verbunden. Gonda Fröhlich bezeichnet sie als gute Freundin.

Kriminalhauptkommissar Kleinemeier überlässt Vivian Steffens den zweiten Teil der Befragung. Er organisiert für den Nachmittag ein erstes Briefing mit dem Staatsanwalt. Kriminaloberkommissarin Vivian Steffens lässt sich zusätzlich die Geschäfte von Bertram Fröhlich erläutern und erstellt in Zusammenarbeit mit Gonda Fröhlich eine Liste des Freundes- und Bekanntenkreises. Hierbei stellt sie fest, dass es überwiegend Reiterfreunde sind, oder Geschäftsfreunde des Gemahls. Gegen Mittag bedankt sie sich bei der merklich geschafften Gonda Fröhlich.

«Wir klären den Tod Ihres Mannes auf!», verspricht Vivian der Trauernden zum Abschied.

*

Zeitgleich sind die Kriminalkommissare Merkens und Pieper unterwegs zu Familie Wolfgang Fröhlich, die in einem Reihenhaus in Horneburg zu Hause sind. Manuel Pieper schellt an der Haustür, die nach minutenlangem Warten von einer mürrisch dreinschauenden Frau Mitte vierzig geöffnet wird. Verstohlen versucht sie, ihren üppigen Busen in dem rasch übergeworfenen Morgenmantel zu bändigen.

«Guten Morgen Frau Fröhlich! Wir sind Kommissar Pieper und Merkens und würden Sie gerne zum Tod Ihres Schwagers befragen», stellt Manuel sich und seinen Gefährten vor, dabei zeigen sie ihren Dienstausweis.

«Äh ja, geben Sie mir fünf Minuten», sagt Meike Fröhlich und bittet die Kriminalen ins Haus.

Sie platziert die Kommissare in der geräumigen Küche und verschwindet flugs im Bad. Kriminalkommissar Jörg Merkens, der sich ein Grinsen nicht verkneifen kann, schaut sich in der Küche um. Da steht ein teurer Jura-Kaffeevollautomat neben dem Thermomix und einer gut sortierten Sammlung von hochwertigen Kochmessern. Die Küche für sich, ist eine moderne Marken-Küche mit zentraler Kocheinheit und allem elektronischen Schnickschnack, den man käuflich erwerben kann. Hier hat sich jemand mit Sachverstand und Geld einen Küchentraum erfüllt.

«Da bin ich wieder!», sagt Meike Fröhlich, wie sie die Küche nach ca. einer halben Stunde betritt.

Sie trägt enge Röhrenjeans und einen Kaschmirpullover, was ihre sportlich trainierte Figur gut zur Geltung bringt.

Manuel fallen die enormen Füße auf, die in roten Sneakers stecken. *Größe 43-45,* denkt er.

Meike Fröhlich bietet Kaffee an, den die beiden Kriminalen gerne annehmen.

«Wie darf ich Ihnen helfen?», fragt Meike Fröhlich nach.

«Wie gesagt, wir sind hergekommen, um zu erfahren, was Ihr Schwager für ein Mensch war. Welchen Umgang er hatte und wie Ihr Verhältnis und das Ihres Mannes zur Familie des Bertram Fröhlich war?», erklärt Kriminalkommissar Merkens ihr Anliegen.

Meike Fröhlich berichtet davon, dass ihr Mann Wolfgang als

Die Kuhlengräber, c 2022 Klaus-Dieter Budde

leitender Angestellter in der mechanisierten Produktion der Firma seines Bruders tätig ist. Sie deutet an, dass ihr Mann mehr potenzial hat, sein Licht jedoch immer unter den Scheffel stellt und anderen den Erfolg überlässt. Er hat schon oft Innovationen im Bereich der Brandschutzanlagen entwickelt, das Patentrecht aber seinem Bruder zugestanden. Manuel Pieper bemerkt, das Meike Fröhlich damit arge Probleme hat, dass ihr Wolfgang in der Firma seines Bruders arbeitet.

«Kommen wir zu Ihnen, arbeiten Sie? Oder widmen Sie sich der Erziehung des Kindes?», kommt Kriminalkommissar Merkens auf den Punkt.

«Ich bin gelernte Friseurmeisterin, arbeite zurzeit im Familien- und Bekanntenkreis, da die Erziehung meines Kindes keine Zeit für mehr zulässt. Meine Tochter Merle, ein hochintelligentes Mädel, soll es später besser haben wie ich!», schildert sie und fährt fahrig mit den Fingern der rechten Hand durch ihre dunkelbraunen Locken. «Sie müssen wissen, ich entstamme einfachsten Verhältnissen und bin nach einer Reihe von Heimaufenthalten bei Pflegeeltern aufgewachsen, die wahrlich keine Menschenfreunde waren.»

«Da haben Sie sich schnell freigeschwommen, wenn ich sehe das, Sie Friseurmeisterin sind?», sagt Jörg, um die beunruhigte Meike Fröhlich zu beschwichtigen.

«Ja, das war harte Arbeit! Zuerst die eigene Wohnung und dann die Meisterschule, das ging nur mit Verzicht und eisernen Willen! Da soll es meine Tochter besser haben. Sie soll studieren! Da bringe ich sie auf den richtigen Weg!», antwortet Meike Fröhlich.

Manuel, schüttelt innerlich den Kopf. *Die Frau wird lernen*

Die Kuhlengräber, c 2022 Klaus-Dieter Budde

müssen, dass man nicht alles im Leben erzwingen kann, denkt er.

«Sie haben Ihren Schwager am Abend spät im Krankenhaus besucht! Können Sie uns sagen, was so bedeutend war, das Sie zur Schlafenszeit dort waren?», stellt Manuel Pieper die nächste Frage.

«Ähm, ja das ist rasch zu erklären», sucht Meike Fröhlich nach Worten. «Ich hatte mir nach meinem Besuch am Nachmittag Sorgen um Bertram gemacht, und da ich ohnehin in der Stadt war, dachte ich, ich sehe nach ihm. Die Stationsschwester hat mich nicht zu ihm gelassen, wie Sie ohne Zweifel wissen», erklärt sie sichtlich nervös ihren späten Besuchsversuch.

Sie beruhigt sich geschwind wieder und schenkt Kaffee nach.

«Wo befand sich Ihr Ehemann Wolfgang an dem Montagabend?»

«Mein Gatte war hier zu Hause und hat mit Merle Mathe geübt, sie hatte am Montag eine Mathearbeit und musste sich Final vorbereiten.»

«Und?»

«Was und?»

«Die Mathearbeit, wie ist die ausgefallen?»

«Ach so, befriedigend! Da arbeiten wir dran!», sagt Meike Fröhlich.

Kriminalkommissar Jörg Merkens beendet die Anhörung und die beiden Kommissare verabschieden sich von der sichtlich erleichterten Meike Fröhlich. Dann trennen sich ihre Wege. Manuel Pieper fährt in die, Dienststelle und Jörg Merkens nach Wiepenkathen zu seiner Andrea und Fiete zum gemeinsamen Mittagessen.

Die Kuhlengräber, c 2022 Klaus-Dieter Budde

Das ist wie ein Ritual und Jörg versucht, nach Möglichkeit dabei zu sein.

*

Als die Kriminalpolizei von der Auffahrt fährt, hat Meike Fröhlich sofort das Telefon am Ohr und benachrichtigt ihren Mann Wolfgang, der sich im Betrieb befindet, von dem Überraschungsbesuch.
«Sag denen bloß nicht, dass ich am Montag spät zuhause war! Ich habe Ihnen gesagt, dass ich um zweiundzwanzig Uhr daheim war!», fällt sie ihm nach der Begrüßung ins Wort.
«Du hast mit Merle Mathe geübt, habe ich denen gesagt, die müssen ja nicht wissen das, du dich wieder betrunken hast!», brieft sie ihren Mann, der sprachlos scheint.
«Bekommst du das in die Reihe, wenn die bei dir aufschlagen?»
«Danke, das kriege ich hin!», sagt Wolfgang Fröhlich genervt.
«Nicht das du es versaust! Dann gibts Ärger, das verspreche ich dir!», macht Meike Fröhlich Druck.
«Ja, ja!», sagt ihr Partner und beendet wortlos das Gespräch.

*

Der Briefingraum in der Teichstraße ist rappelvoll.
Staatsanwalt Gunnar Zipperlein eröffnet auf seine schnöselige Art das Briefing. Zuerst schildern die Kriminalkommissare Merkens und Pieper ihre Eindrücke bei den Bestattern.
Dr. Grit Birkenfels berichtet von den ersten Ergebnissen der Rechtsmedizin: «Eindeutig eine Vergiftung! Die Analyse der Körperflüssigkeiten habe ich an ein Hochleistungslabor nach Eppendorf vergeben, Ergebnisse sind frühestens am Abend zu

Die Kuhlengräber, c 2022 Klaus-Dieter Budde

erwarten.»

Danach war Kriminalhauptkommissar Kleinemeier an der Reihe. Er berichtet von seinem Eindruck von der Witwe, der er die Tötung nicht zutraut, was Vivian Steffens bestätigt.

«Die Frau trauert enorm um ihren Mann, ist kooperativ und hilfsbereit bei den Recherchen und macht den Eindruck, dass sie an der Auflösung des Falls stark interessiert ist», erläutert Kriminaloberkommissarin Vivian Steffens.

«Gut, wie ich das sehe, kommt da recht viel Arbeit auf uns zu!», sagt der Staatsanwalt.

«Ich erwarte hier ein zeitnahes Resultat! Wie Sie wissen fängt mein Urlaub in zwei Wochen an und ich erwarte das wir bis dahin ein Ergebnis haben!», sagt es und verlässt grußlos die Besprechung.

Vivian will das just Kommentieren, da legt Heino Kleinemeier seine Hand auf ihren Unterarm, um sie zu beruhigen. Vivian schaut ihn erstaunt an und folgt seinem Blick. Da sieht sie, das Zipperlein zurückgekommen ist, um sein Mobiltelefon zu holen, das er vergessen hat.

«Danke Heino! Das war Rettung in letzter Minute!», raunt sie und sieht ihren Vorgesetzten dankbar an.

Sie ist bekannt für ihre derben Kommentare über das Verhalten des Staatsanwalts, hat sich da bereits eine Abmahnung eingefangen, das hat Heino durch seine rasche Reaktion Gott sei Dank verhindert.

«An die Arbeit Leute! Ihr habt den Staatsanwalt gehört!», ruft Kriminalkommissar Heino Kleinemeier und klatscht dabei in die Hände.

Sein Team wuselt grinsend auseinander und gibt sich der Recherche hin.

Die Kuhlengräber, c 2022 Klaus-Dieter Budde

Die Kriminalkommissare Jörg Merkens und Manuel Pieper begeben sich auf den Weg zu Wolfgang Fröhlich, dem Bruder des Toten, der sich zu dieser Zeit im Betrieb im Gewerbegebiet Ottenbeck Süd aufhält. Hier hat sich der mittelständische Betrieb vor Jahren eine großzügige Werkhalle aufgebaut.

«Hier muss es sein!», sagt Manuel und zeigt auf einen stattlichen lang gezogenen Hallenkomplex, an dessen Ende ein Bürotrakt angebaut ist. Jörg lenkt den Dienstwagen auf den Kundenparkplatz, gemeinsam betreten sie den Betrieb. Eine aufmerksame Büroangestellte geleitet sie in die Werkstatt und zeigt ihnen, wo sich Wolfgang Fröhlich aufhält. Er steht zusammen mit Mitarbeitern an einem Werktisch und fachsimpelt über irgendeine Funktionsstörung eines Drucksensors.

«Herr Fröhlich!», unterbricht Kriminalkommissar Merkens die Fachsimpelei und stellt sich und Kommissar Pieper vor.

«Ach ja, ich habe Sie bereits erwartet!», sagt Wolfgang Fröhlich und schreitet voran in den Aufenthaltsraum der Werkhalle.

«Wie kann ich Ihnen helfen?», fragt der neununddreißigjährige Wolfgang Fröhlich die Kriminalen. Er kramt eine Pfeife aus seiner Joppe hervor und stopft sie mit hellbraunem Tabak, den er aus einem ledernen Tabaksbeutel entnimmt.

Mit seinen blauen Augen und den kurz geschorenen blonden Haaren sieht er seinem Bruder nicht ähnlich, denkt Kriminalkommissar Pieper, der das Verhalten von Wolfgang Fröhlich präzis wie unter der Lupe ansieht.

Nachdem er die Pfeife angezündet hat, schaut Wolfgang Fröhlich auf und pafft eine Tabakwolke an die Decke.

«Wie Sie sich vorstellen können, haben wir nicht wenige Fragen zu ihrem Geschwister, dem Betrieb und dem Umfeld, in dem sich Ihr Bruder bewegt hat!», erklärt Kriminalkommissar Jörg Merkens.

«Fangen wir gleich bei Ihnen an, was ist Ihre Aufgabe im Betrieb?»

«Ich bin hier als Angestellter, Leiter der mechanisierten Produktion! Sollheißen, das ich zuständig bin für jegliche Produktionsabläufe bei der Hardware und bei der Software!», beschreibt Fröhlich seinen Aufgabenbereich.

«Wie müssen wir das Verstehen? Sie produzieren hier die Software? Nach unseren Informationen entwickelt Ihr Bruder die Software in seinem Haus», hakt Manuel Pieper nach.

«Ja, dem ist auch so! Hier fügen wir beide Komponenten zusammen und unterziehen sie einer Funktionskontrolle, bevor wir sie ausliefern.»

«Das heißt, hier wird die Hardware, sprich die mechanischen Brandschutzerzeugnisse hergestellt und mit den elektronischen Bauteilen ergänzt, um sie dann im Verbund mit der Software zu testen?», fasst Jörg Merkens zusammen.

«Das haben Sie richtig verstanden!», lobt Wolfgang Fröhlich die Beamte.

Danach berichtet er von seinem guten Verhältnis zum Bruder und das er mit seiner Tätigkeit und dem Verdienst zufrieden ist. Wie Jörg seine Ehefrau ins Spiel bringt, erklärt er, dass sie ihn an den Erfolgen des Bruders misst und nicht checkt, dass er mit dem, was er hat, zufrieden ist. Dadurch hat sie auch bei ihm Neid herangezüchtet, wie er es nennt. Sein Bruder, der davon wusste, hat Meike Fröhlich oft mit ihrem Neid aufgezogen.

Die Kuhlengräber, c 2022 Klaus-Dieter Budde

«Ihre Ehefrau hat uns gesagt, dass sie am Vorabend des Todes Ihres Bruders in der Stadt unterwegs war, wissen Sie, was sie in der Stadt zutun hatte?», übernimmt Kriminalkommissar Merkens die Gesprächsführung.

«Meike war unterwegs, um ihre Bartagame untersuchen zu lassen, die Agame hat ein krasses Ekzem am Unterbauch.»

«Ihre Frau hat eine Bartagame?», fragt Manuel Pieper neugierig nach, denn er hat eine Vorliebe für exotische Tiere.

«Ja sie hat ein Faible dafür! Hat zu Hause unzählige Viecher in verschiedenen Terrarien rumkriechen. Für mich ist das nichts, mir machen diese Viecher angst!», schildert Wolfgang Fröhlich voller Unbehagen.

Die Kriminalkommissare verabschieden sich, nachdem Fröhlich sie durch den Betrieb geführt hat, und begeben sich auf den Weg in die Dienststelle.

*

Am Abend zuvor ist Benno Gräber unterwegs nach Ottenbeck. Hier auf dem ehemaligen Kasernengelände haben sie ihren Probenraum in einer ehemaligen Bundeswehrfahrzeughalle angemietet.

Wie er den Probenraum betritt, sind seine Bandkameraden dabei ihre Instrumente zu stimmen. Heute haben sie eine Hardrocksession geplant. Benno, der die Session vorbereitet hat, legt den Bandmitgliedern die vorbereiteten Datenblätter vor. Da sind der Keyboarder Axel, Dieter der Gitarrist und Siegbert am Schlagzeug. Benno ist mit seinem E-Bass zusammen mit Dieter für den Gesang zuständig.

Zuerst spielen sie ein Stück von den Atomic Rooster ein, einer Rockband, die als Vorreiter des progressiven Rocks gilt.

Atomic Rooster waren von 1969 bis in die 1980er-Jahre aktiv. Sie spielen aus dem Album, Death Walks Behind You, die Titel: Tomorrow Night, Streets und Gershatzer ein, was die ganze Nacht in Anspruch nimmt. In den Spielpausen trinken sie, wie es sich gehört immer mal wieder ein Bier.

«Hast du die Proben dabei?», fragt in einer der Pausen Siegbert Finderich nach. Benno nickt und reicht dem Freund seine Proben, die er in der Innentasche seiner Lederweste mitgeführt hat.

«Wann darf ich mit ersten Ergebnissen rechnen?»

«Ich denke, morgen Abend habe ich was!», sagt Siegbert und fläzt sich wieder hinter seine Schießbude, wie er sein Schlagzeugensemble nennt. Weit nach drei Uhr trennen sich die Bandkumpels und fahren nach Hause.

Die Kuhlengräber, c 2022 Klaus-Dieter Budde

Kapitel 4

Dr. Grit Birkenfels ist erstaunt, wie sie ihre E-Mails durchsieht, da ist das Ergebnis vom Eppendorfer Labor in einer Vorabmeldung im Posteingang.

Sie schaut sich voller Neugier das vorläufige Ergebnis der Laboruntersuchungen an. Der Tote ist wie vermutet das Opfer einer Vergiftung. Er ist mit einer gehörigen Menge des Giftes einer Trichternetzspinne, der Hadronyche formidabilis getötet worden. Einer Vogelspinnenart, die hauptsächlich in New South Wales und im südlichen Queensland vorkommt.

Das Halten dieser Spinnenart ist in Deutschland strengstens untersagt! Untersuchungen des Labors im Netzwerk der Spinnenliebhaber, kommen zu dem Schluss, das sich ohne Zweifel illegal eingeführte Tiere im Umlauf befinden.

Dr. Birkenfels benachrichtigt sofort den Staatsanwalt und die ermittelnden Kommissare von dem vorläufigen Ergebnis der Probenuntersuchungen.

«Das ist, nicht wahr?», ruft Kriminaloberkommissar Manuel Pieper, wie er von dem Ergebnis der Rechtsmedizin hört.

«Das kann diese Meike Fröhlich gewesen sein!»

«Wie kommst du da drauf?», will Kriminalhauptkommissar Kleinemeier wissen.

«Nach Aussage ihres Ehegatten unterhält die Dame mehrere Terrarien mit den unterschiedlichsten exotischen Tieren», erklärt Manuel Pieper seinem Vorgesetzten.

«Ein Motiv hat sie auf jeden Fall!», sagt Kriminalkommissar Merkens, der bei der Anhörung von Meike Fröhlich zugegen war und den Neid und die Gier nach dem Geld gespürt hat.

«Ok, ich versuche, über den Staatsanwalt einen Beschluss für

die Durchsuchung des Hauses Meike Fröhlich zu erhalten!»,
sagt Heino Kleinemeier und macht sich sogleich auf den Weg
zum Staatsanwalt.

Unterdessen bereitet Kriminaloberkommissarin Vivian
Steffens die Durchsuchung vor. Da sie es hier mit exotischen,
gefährlichen Tieren in Kontakt kommen, stellt sie einen Pool
von Experten zusammen, der das Wirken der Polizei
unterstützt. Manuel Pieper, leidenschaftlicher Anhänger
dieser Tierarten, ist ihr mit seiner Fachexpertise eine
wesentliche Hilfe. Gegen Mittag haben sie ihr Team
zusammen und warten auf den Durchsuchungsbeschluss.
Derweil sie ausharren, bringt ihnen Manuel die todbringende
Spinnenart näher.

«Die Trichterspinne hat ihren Namen durch den
trichterförmigen Aufbau ihres Netzes, an deren Ende sie auf
Beute lauert. Der bis zu fünf Zentimeter lange Körper mit
kurzen Beinen hat eine schwarz glänzende Oberseite», erklärt
Manuel und man sieht ihm die Faszination förmlich an.

«Das Berühren ihres Netzes empfindet die Spinne störend und
reagiert sofort aggressiv und beißt!», stellt Manuel
unmissverständlich klar.

«Es ist nicht immer gesagt das, die Giftmenge gefährlich ist,
man sagt, das geschätzt bei jedem fünften Fall eine gefährliche
Menge Gift in die Blutbahn gelangt. In jedem Fall ist
schnellstmögliche ärztliche Hilfe angebracht.»

Kriminalkommissar Manuel Pieper schaut seine Mitstreiter an,
er ist sich sicher, dass er sie für den Einsatz sensibilisiert hat.

«Hast du dir schon mal solch eine Spinne auf die Hand setzen
lassen?», fragt Vivian ihren Kollegen.

«Keine Trichterspinne! Meine eigenen Vogelspinnen setze ich

Die Kuhlengräber, c 2022 Klaus-Dieter Budde

mir regelmäßig auf die Hand, um sie zu sozialisieren»,
berichtet, Manuel.
«Du hast solche Viecher!», ruft Vivien entsetzt aus.
Manuel grinst und beschwichtigt sie: «Meine Spinnen sind
nicht gefährlich, ich besitze Rotfußvogelspinnen, das ist die
friedfertigste der Vogelspinnenarten. Ich habe mir erst letzte
Woche zusätzlich eine Rote-Chile-Vogelspinne gegönnt, eine
im Vergleich zu andersartigen, friedfertige Spinne.»
Seine Arbeitskollegen betrachten ihn mit anderen Augen,
Manuel hat immer den Eindruck vermittelt, eine kleine
Bangebüx zu sein. Das sehen die Kollegen nun anders, sein
Standing in der Gruppe ist gewachsen, was kein Nachteil für
ihn ist.
«Mit solch einem Kollegen kann uns ja nichts mehr passieren,
bringt es Jörg Merkens auf den Punkt.»
Er verteilt Kaffeebecher an die Gefährten und schenkt im
Anschluss jedem seinen Becher voll. Da kommt Gunnar
Zipperlein zur Tür herein und wedelt mit dem erwarteten
Beschluss.
«Erst einen Kaffee!», sagt er und setzt sich zum Ermittlerteam.

*

Zwei Stunden später klingelt der Anklagevertreter in
Horneburg an der Tür von Familie Wolfgang Fröhlich. Merle
Fröhlich die Tochter öffnet die Tür und schaut sie erschrocken
an. Staatsanwalt Zipperlein stellt sich höflich vor und bittet
darum, das eines der Elternteile an die Tür kommt.
«Was ist denn hier los?», empört sich kurz darauf Meike
Fröhlich, die an der Tür erscheint.
Im Hintergrund gewahrt der Ankläger ihren Ehemann, er steht

zurückhaltend in der Wohnzimmertür. Gunnar Zipperlein zeigt den richterlichen Durchsuchungsbeschluss vor und bittet Meike Fröhlich, die Tür freizugeben.

«Na hören Sie mal! Das ist doch nicht Ihr Ernst! Was soll das?», empört sich Meike Fröhlich.

«Das ist sehr Ernst! Ich bitte Sie, sich mit ihrer Familie in der Küche aufzuhalten und dort zu warten, bis wir auf Sie zukommen!», sagt der Staatsanwalt und schiebt die Dame beiseite um die Spezialisten der Spurensicherung ins Gebäude zu lassen.

Blitzschnell packt ihn Meike Fröhlich an der Krawatte und gibt ihm eine Kopfnuss. Der Staatsanwalt bricht theatralisch im Hausflur zusammen, aus seiner Nase quillt Blut hervor. Vivian Steffens ist sofort zur Stelle und fixiert die Fröhlich an der Wand. Heino kümmert sich zunächst um den Staatsanwalt und Manuel Pieper springt hinzu, um der Fröhlich Handschließen anzulegen.

«So Frau Fröhlich nu ist gut hier!», sagt Vivian und stößt die Dame in die Küche, wo sie Meike Fröhlich vorerst am Heizkörper befestigt.

Kriminalhauptkommissar Kleinemeier übergibt den Staatsanwalt, der wahrlich ausgeknockt ist, an die eintreffenden Sanitäter. Er übernimmt die Leitung der Durchsuchung.

Vivian hat inzwischen der Angreiferin, die sich beruhigt hat, die Handschellen abgenommen und an einen uniformierten Beamten übergeben. Der bringt sie ins Präsidium, zwecks einer erkennungsdienstlichen Untersuchung.

Herr Fröhlich hat bis dahin keinen Laut von sich gegeben. Er scheint arg eingeschüchtert zu sein. Merle, seine Tochter

Die Kuhlengräber, c 2022 Klaus-Dieter Budde

verfolgt das Ganze recht unbeeindruckt.

Sie kommt eher nach der Mutter, denkt Manuel Pieper, der die beiden beobachtet.

Die Spezialisten um Kriminalkommissar Pieper finden unzählige Buschvipern, Agame und Warane, dagegen keine Spinnen in den Terrarien. Die klimatisierten Glasboxen sind pieksauber und die Tiere erwecken einen gesunden und gepflegten Eindruck.

«Hatte Ihre Ehefrau früher Vogelspinnen oder ähnliche Tiere im Terrarium?», fragt Manuel den Hausherrn.

«Ja Spinnen hatte sie, das ist jedoch nicht ihr Ding!»

«Wissen Sie, wann das war?», hakt Manuel nach.

«Das ist mindestens zwei Jahre her!», berichtet Wolfgang Fröhlich genervt.

Ein Mitarbeiter der Spurensicherung winkt Vivian zu sich heran und zeigt ihr die Verpackung einer Einwegspritze, die er in der Futterbox der Reptilien gefunden hat. Da kein Injektionsmittel vorhanden war, das den Tieren zuzuordnen ist, landet die Kanüle in einem Asservaten-Beutel der Spurensicherung. Da absehbar ist, dass die Durchsuchung nicht das Ergebnis bringt, das alle erwartet haben, bricht Kriminalhauptkommissar Heino Kleinemeier die Aktion ab. Verschiedenes hat die Spurensicherung sichergestellt. Vorerst müssen sie die Auswertung abwarten, ob was Relevantes dabei ist. Gemeinsam rücken sie wieder ab.

Wolfgang Fröhlich macht sich seine Gedanken, *warum hat die Polizei seine Gemahlin auf dem Kieker? Was hat sie wieder in ihrem Neid angestellt?* Wolfgang nimmt seine Tochter in den Arm, gemeinsam warten sie auf die Rückkehr der Ehefrau und

Die Kuhlengräber, c 2022 Klaus-Dieter Budde

Mutter, um Genaueres zu erfahren.

*

Wie das Ermittlerteam in der Teichstraße ankommt, sitzt der leidende Staatsanwalt im Besprechungsraum und erwartet sie. Kriminalhauptkommissar Kleinemeier schaut den Anklagevertreter, der eine Dicke blau gefärbte Nase zur Schau stellt, fragend an.

«Ist die Nase gebrochen?», fragt er mitleidig nach.

«Ja zweifach gebrochen!», antwortet Gunnar Zipperlein.

«War mir schon klar das, Sie sich nicht mit einem einfachen Bruch zufriedengeben!», kann Vivian es nicht lassen, dem Anklagevertreter einen mitzugeben.

«Lästern Sie ruhig alle ab! Sie haben die Schmerzen ja nicht!», bettelt der Staatsanwalt um Mitleid.

«Wie gehen wir mit Meike Fröhlich um, wenn sie von der erkennungsdienstlichen Untersuchung zurück ist? Haben Sie Anzeige erstattet?»

«Quatsch wegen solch einer Bagatelle beschäftige ich nicht den ganzen Polizeiapparat! Lasst die Dame nach einer eindringlichen Belehrung, was ihr Verhalten gegenüber der Staatsgewalt betrifft, nach Hause gehen. Wie ich gehört habe, hat die Durchsuchung zu keinem Ergebnis geführt! Was soll sie da hier?», sagt der Staatsanwalt zum Erstaunen seiner Ermittler.

So Großmütig kennen sie ihn nicht.

Sie überdenken, wie sie weiter vorgehen. Jörg schlägt vor, das geschäftliche Umfeld zu durchleuchten, es ist nicht auszuschließen, dass sich dort ein Ansatz ergibt. Vivian und Heino plädieren für das private Umfeld. Am Ende des Tages bilden sie Zweierteams.

Vivian und Heino widmen sich dem privaten Umfeld der Fröhlichs und Manuel und Jörg untersuchen den geschäftlichen Teil. Zipperlein drängt unmissverständlich, mit Hinweis auf seinen anstehenden Urlaub, auf Ergebnisse.

*

Am Nachmittag des darauffolgenden Tages erreicht ein anonymer Anruf die Ermittler. Eine Paris Carbo aus Vancouver, die sich zurzeit in Hamburg aufhält, behauptet, das Gonda Fröhlich ihren Mann ermordet hat.

Kriminalkommissar Manuel Pieper, der das Gespräch angenommen hat, denkt sofort an einen Fake-Anruf. Heino dagegen betrachtet das ernst und setzt Manuel auf die Recherche an.

Manuel, der wenig begeistert ist, begibt sich widerwillig an die Arbeit und nimmt Kontakt mit der Hamburger Polizei auf. Gegen Abend erhält er die Auskunft, dass er die Dame am nächsten Morgen im Präsidium der Hamburger Kollegen anhören kann. Manuel glaubt nicht daran, dass die Dame ernsthaft mit ihrem Fall zutun hat, und erdenkt sich für den morgigen Tag eine List.

*

Hagen Gräber ist am späten Nachmittag auf dem Weg zur Rechtsmedizin nach Ottenbeck, um den Fröhlich abzuholen. Dr. Birkenfels ist mit ihrer Untersuchung fertig und die Staatsanwaltschaft hat den Leichnam freigegeben.

Die erste Inaugenscheinnahme ergab, dass Dr. Birkenfels ihr Versprechen eingehalten hatte und die sterbliche Hülle unversehrt ist. Hagen schiebt mithilfe eines Mitarbeiters den Sarg in seinen Leichenwagen und begibt sich auf den Weg ins Bestattungsinstitut nach Twielenfleth.

Wie er dort ankommt, steht sein Bruder mit einem der anderen Leichenwagen des Bestattungsinstituts abfahrtbereit in der Ausfahrt.

«Wo fährst du noch hin?», fragt Hagen nach.

«Verkehrsunfall in Düdenbüttel, an der Düdenbütteler Straße in Richtung Hagenah!», antwortet sein Bruder knapp und macht sich mit einem Bestattungshelfer auf den Weg.

*

Manuel Pieper ist auf dem Weg nach Hamburg, wie zu erwarten, in einen Verkehrsstau geraten. Dessen ungeachtet erreicht er pünktlich das Präsidium der Hamburger Polizei.

Er wurde von einem Hamburger Kollegen erwartet und in den Anhörungsraum gebeten, wo die Kanadierin auf ihn wartete.

«Guten Morgen Frau Carbo!», begrüßt er die Dame, die einen zu schrillen Hut trägt.

Nachdem er sich vorgestellt hat, kommt er gleich zur Sache und legt Paris Carbo ein paar Bilder vor.

«Sie sind sich sicher das, Gonda Fröhlich, die Ehefrau des Bertram Fröhlich, diesen ermordet hat?»

Die Dame schaut sich die Fotos von Gonda Fröhlich an und verzieht das Gesicht.

«Ja die hat meinen lieben Berti um die Ecke gebracht, weil sie es nicht ertragen konnte, dass er mit mir nach Kanada wollte.»

Manuel horcht auf, fährt mit seiner geplanten Strategie fort. Er breitet die nächste Fotoserie auf dem Tisch vor Paris Carbo aus.

«Wie erklären Sie sich, das niemandem bekannt ist, dass Sie mit Bertram Fröhlich zusammen sind?», fragt er, dabei deutet er auf die Bilder, die vor der Dame ausgebreitet liegen.

Theatralisch ergreift Sie ein Taschentuch aus ihrer Handtasche und tupft sich ein paar Tränen aus dem Augenwinkel.

«Mein Berti», sagte sie und hält eines der Fotos empor, um es zu küssen.

Manuel hakt nach, «wann haben Sie denn Ihren Berti das letzte Mal lebend gesehen?»

«Einen Tag vor seinem Ableben waren wir zusammen!», beteuert die Kanadierin.

«Frau Paris Carbo, es ist genug der Lügen! Sie hatten weder ein Verhältnis mit Bertram Fröhlich, noch kennen Sie ihn oder seine Frau!», sagt Manuel Pieper in einem Ton, der keinen Widerspruch duldet. «Die Fotoserien, die Sie da vor sich liegen haben, zeigen zwei drittklassige Schauspieler, während einer Talkshow! Ich habe die Fotos erst Gestern mittels, Screenshot aus dem Netz geholt.»

Die Dame hat mittlerweile einen roten Kopf und macht Anstalten sich zu verdrücken.

«Nee, so schnell schießen die Preußen nicht!», sagt Manuel und bittet den begleitenden Beamten, eine Anzeige wegen Falschaussage und Behinderung der Polizeiarbeit anzufertigen und die Dame nach gebührender Belehrung zu entlassen.

Kriminalkommissar Pieper verabschiedet sich von dem verblüfften Beamten und fährt zurück nach Stade.

Im Auto lacht er sich eins, hatte er doch richtig vermutet, das dieser Anruf gestern ein Fake war. Seine Strategie ist aufgegangen.

Die Kuhlengräber, c 2022 Klaus-Dieter Budde

*

Kriminalkommissar Jörg Merkens klaubt das Mobiltelefon aus der Innentasche seines Jacketts und meldet sich mit Namen. Vivian, die ihn dabei beobachtet, bemerkt seine Überraschung und reicht ihm einen Notizblock, wie er diesen von ihr erbittet. Hastig schreibt er sich alles auf und beendet das Gespräch. Vivian, die Gesprächsfetzen mitbekommen hat, sieht ihn fragend an.

«Was ist mit Gonda Fröhlich?»

«Sie hatte einen tödlichen Verkehrsunfall!»

Das war der Bestatter, der sie abholen sollte. Da er von dem Mord an ihrem Ehepartner Kenntnis hat, hat er mich vorsichtshalber angerufen», berichtet Jörg Merkens.

«Ein heller Kopf dieser Bestatter!», sagt Vivian und zieht sich ihre Jacke über, eilig verlässt sie mit Jörg das Dienstgebäude. Auf dem Weg zur Unfallstelle benachrichtigt sie die Spurensicherung und Dr. Birkenfels die Rechtsmedizinerin.

«Was das wieder ist!», sagt Jörg und schüttelt den Kopf.

«Ist ja nicht vertrackt genug der Fall.»

«Warten wir es ab, nach Lage der Dinge ist es ein Unfall», sagt Vivian.

Wie sie aus Düdenbüttel herausfahren, sehen sie in der Ferne die Unfallstelle. In einer Rechtskurve ist Gonda Fröhlich aus der Kurve getragen worden und ihre Jaguarlimousine hat sich um einen Baum gewickelt.

Zeitgleich mit Ihnen erreicht die Spurensicherung den Unfallort. Sie sind über Hagenah an die Unfallstelle herangefahren. Da es bald dunkelt, stellt die ortsansässige Feuerwehr mobile Flutlichtmasten auf und leuchtet die

Unfalllocation aus.

Benno Gräber hat den Unfall präzise eingeschätzt. Die Spurensicherer haben rasch eine manipulierte Bremsanlage ausgemacht und den Unfallort zum Tatort erklärt. Das ist für die Menschen, die zum Feierabend nach Hause fahren nicht angenehm, denn sie müssen kilometerlange Umfahrungen erdulden.

«Benno Gräber!», ruft Grit Birkenfels den Bestatter zu sich heran, «fahr das Unfallopfer bitte in die Rechtsmedizin nach Ottenbeck, da brauchen wir hier nicht umladen!», bittet sie den Bestatter um Unterstützung, der Gonda Fröhlich lange schon im Wagen hat.

Benno tippt sich zur Bestätigung kurz an den Mützenschirm und verlässt den Unfallort in Richtung Hagenah.

Zu einem späteren Zeitpunkt, als der Jaguar mittels eines herbeigerufenen Krans aufgeladen wird, begeben sich Kriminalkommissar Merkens und Vivian Steffens auf den Weg in die Dienststelle. Sie müssen die Resultate der technischen- und medizinischen Untersuchungen abwarten, da ist mit einem Ergebnis vor morgen Mittag nicht zu rechnen.

Auf der Dienststelle treffen sie auf Manuel Pieper, der soeben seinen Bericht fertiggestellt hat und Feierabend hat.

Jörg und Vivian überreden Manuel auf ein Bier im Korken einem Lokal in der Altstadt. Gemeinsam schlendern sie zu später Stunde am Wasser West entlang, als Heino Kleinemeier sie anspricht. Er steht unschlüssig vor der Tapas Bar herum. Nach kurzer Beratung schließt er sich ihnen an und kurz darauf führen sie ein informelles Dienstgespräch im Korken.

Manuel bringt zur Belustigung der anderen seine List bei der

Die Kuhlengräber, c 2022 Klaus-Dieter Budde

Kanadierin zum Besten. Vivian und Jörg haben dagegen keine guten Nachrichten. Bis spät in die Nacht sitzen sie beisammen und diskutieren den Fall rauf und runter.

*

Benno Gräber fährt spät abends in die Garage des Bestattungsinstituts, sein Bruder Hagen öffnet die Heckklappe und schaut ihn fragend an.

«Wie keine Leiche?», fragt er nach.

«Nee, Mord! Hab sie in die Rechtsmedizin gebracht, hatte sie schon eingeladen», erklärt Benno.

«Wie Mord? Wer war das denn?»

«Diese Gonda Fröhlich, die Ehefrau von unserem Fröhlich», sagt Benno und stelzt ins Haus.

«Die wurde ermordet?»

«Sach ich ja! Mausetot und hätte ich nicht die Bullerei angerufen, hätte es keine Sau bemerkt!», berichtet Benno seinem Bruder.

«Und wer bezahlt uns die Beerdigung?»

«Da mach dir keine Sorgen, die Familie hat genug Geld», beruhigt Benno seinen Bruder.

«Dann isses ja gut», brummt Hagen Gräber gedankenvoll.

Kapitel 5

Kriminalhauptkommissar Heino Kleinemeier sitzt über den Akten und arbeitet sich in die Geschäftsunterlagen der Fröhlichs ein. Heino hat mit Jörg die Aufgabe getauscht, da er sich eine Grippe eingefangen hat. Vollgepumpt mit Medikamenten ist es wahrlich kein Spaß, sich auf die Zahlenspiele der Akten zu konzentrieren. Immer wieder verliert er den Faden und muss von vorn beginnen.
Kriminaloberkommissarin Steffens, die das eine Weile mit ansieht, schüttelt den Kopf. Sie hat mehrmals versucht, Heino nach Hause zu schicken. Ihr Chef ist jedoch der Überzeugung, dass er hier gebraucht wird.
«Heino, du gehörst ins Bett!», probiert sie es erneut.
Zu ihrer Überraschung nickt ihr Vorgesetzter und legt die Akte beiseite.
«Lass das hier so liegen, ich arbeite da morgen weiter!», sagt er und verabschiedet sich nach Hause.
Er hat eingesehen, dass es nichts bringt, wenn er hier mit Fieber herumsitzt.
«Gute Besserung», ruft Vivian hinterher, da ist er schon verschwunden.

Vivian Steffens wartet auf Kriminalkommissar Pieper, der Meike Fröhlich anhört. Vivian hat den Verdacht, dass Meike hinter den Morden steckt.
Sie hat keinerlei Beweise für diese These, nur ihr Bauchgefühl orientiert sich in diese Richtung.

*

Kriminalkommissar Merkens ist auf dem Weg zum Betrieb, der

Fröhlichs. Er will mit Wolfgang Fröhlich sprechen, noch bevor die Ergebnisse der Techniker vorliegen, die den Jaguar untersuchen.

Er findet den Ingenieur in einem der Büros im Hallenanbau.

«Moin Herr Fröhlich!», begrüßt er den Betriebsleiter.

Fröhlich der bisher nichts von dem Tod seiner Schwägerin weiß, schaut erstaunt auf.

«Moin, moin! Sie schon wieder?», grüßt er verunsichert zurück.

«Haben Sie einen Moment für mich?», Jörg deutet auf die Sitzgruppe für Besucher unter dem Fenster.

«Wenn's denn sein muss?»

«Ja das muss!», drängt Jörg den Ingenieur.

«Zuerst wüsste ich gerne, was Sie gestern getan haben!», fragt Jörg nach, als sich Wolfgang Fröhlich zu ihm in die Sitzecke bemüht hat.

«Ich war den ganzen Tag hier, da können Sie gern meine Mitstreiter fragen», antwortet er.

«Ihre Gemahlin war ebenso hier im Betrieb?»

«Nee die war wieder in der Stadt in Stade unterwegs, bei irgendeinem Notar, wegen, dem Nachlass von Bertram.»

«Dem Vermächtnis von Bertram Fröhlich? Was hat Ihre Ehegattin damit zu schaffen? Ich denke, das Gonda Fröhlich die Erbin ist», fragt Jörg erstaunt.

«Ja das habe ich ihr auch gesagt! Meine Angetraute ergreift gerne das Zepter und klärt ihre Sachen selbstständig, müssen Sie wissen!», sagt Wolfgang Fröhlich achselzuckend.

«Warum fragen Sie das alles, ist was passiert?»

«Ihre Schwägerin hatte gestern Abend einen schweren Autounfall bei Hagenah. Sie war vermutlich auf dem Weg zum

Die Kuhlengräber, c 2022 Klaus-Dieter Budde

Reitstall. Die Folgen des Aufpralls waren so stark, dass sie den Unfall nicht überlebt hat!», erklärt Jörg umständlich den Tod der Schwägerin.

Es ist nicht sein Metier, Todesnachrichten zu überbringen.

«Das ist nicht wahr!», springt Wolfgang Fröhlich schockiert auf. Kriminalkommissar Merkens schildert dem Herrn, was er an der Unfallstelle gesehen hat, und spricht über den Verdacht, das es sich um einen Mordanschlag handelt.

«Hier steht das Ergebnis der Spurenauswertung aus!», schließt er seine Erklärungen.

Wolfgang Fröhlich ist betroffen, sitzt Jörg mit zitternden Knien gegenüber und wischt sich die Tränen. Jörg bittet ihn, am nächsten Morgen mit seiner Ehegattin und der Tochter zu einer Befragung in die Teichstraße zu kommen.

«Sagen wir acht Uhr dreißig, wenn das für Sie in Ordnung ist!», schließt Jörg das Gespräch.

Wolfgang Fröhlich nickt und schreibt sich den Termin in seinen Kalender.

Jörg gibt ihm die Hand, der Mann tut ihm leid.

*

Meike Fröhlich öffnet die Haustür und staunt nicht schlecht, wie sie Kriminalkommissar Pieper erblickt.

«Sie schon wieder?», empfängt sie den Kommissar recht abweisend.

«Ich würde gerne meine Befragung fortsetzen! Letztens haben Sie sich ja ins Präsidium verdrückt!», pariert Manuel den verbalen Ausfall der Dame.

«Sehr witzig.» Sie gewährt im Einlass, indem sie wortlos zur Seite tritt.

Die Kuhlengräber, c 2022 Klaus-Dieter Budde

Manuel Pieper kommt gleich zur Sache, er hat Informationen von Jörg erhalten, die aufhorchen lassen.

«Frau Fröhlich, Sie waren gestern am frühen Nachmittag bei einem Notar. Berichten Sie mir, was Sie dort erreicht haben und wann Sie das Notariat wieder verlassen haben!»

Meike Fröhlich schaut erstaunt auf.

«Woher in Gottes Namen haben Sie das wieder her?»

«Das tut zunächst nichts zur Sache! Bitte den Namen des Notars und den Grund Ihres Besuchs!»

«Notariat Körner. Ich war dort, um zu erfahren ob Bertram seinen Bruder beim Erbe berücksichtigt hat!», antwortet sie frustriert.

«Und, hat er Ihren Mann einbezogen?»

«Leider habe ich keine Auskunft erhalten, obwohl der Erfolg der Firma ein Verdienst meines Mannes ist. Ohne seine innovativen Ideen würde Bertram heute noch Feuerlöscher verkaufen!», regt Sie sich auf und setzt sich bequem in den Sessel und zieht die Beine unter den Körper.

«Wann haben Sie den Notar verlassen?», hakt Manuel nochmals nach.

«Gegen sechzehn Uhr oder ein paar Minuten später! Warum fragen Sie mich das alles?»

«Ihre Schwägerin ist gestern Abend bei einem Verkehrsunfall ums Leben gekommen.»

Kriminalkommissar Manuel Pieper beobachtete Meike Fröhlich präzis, wie er die Todesnachricht ausspricht. Obwohl Sie nach Aussage von Gonda Fröhlich, beste Freundinnen waren, ist die Reaktion verhalten.

«Wie ist das passiert?», fragt sie nach.

Die Kuhlengräber, c 2022 Klaus-Dieter Budde

Manuel schildert den Unfall und berichtet von dem Verdacht, dass es sich mutmaßlich um Mord handelt.

«Mord! Ah, daher die Nachfrage nach der Berücksichtigung beim Erbe.»

Manuel nickt, «Ein Motiv ist da für mich zu erkennen. Was haben Sie nach dem Notarbesuch unternommen, denn zu Hause waren Sie erst gegen zweiundzwanzig Uhr?», befragt Manuel die Dame weiter.

«Ich bin ein bisschen über Land gefahren, um mich vom negativen Notarbesuch zu erholen», sagt Meike Fröhlich.

«Sie sind nicht zufällig in der Heidesiedlung gefahren und haben Ihrer Schwägerin einen Besuch abgestattet?»

«Nein!! Ich bin über Land gefahren!», erregt sich Frau Fröhlich.

Manuel lädt sie zur weiteren Vernehmung, auf dem Präsidium, für den nächsten Tag vor: «Die genauen Daten wann Sie dort erwartet werden, bringt Ihr Ehemann mit, dem haben wir Bescheid gegeben», erklärt Manuel.

*

Eine Woche später. Es ist ein Tag wie geschaffen für eine norddeutsche Beerdigung, es regnet Bindfäden und das den ganzen Morgen. Benno und Hagen Gräber sind früh am Friedhof in Stade-Hagen, sie haben die Eheleute Gonda und Bertram Fröhlich in der Friedhofskapelle in offenen Särgen aufgebahrt. Das ist bei Gonda Fröhlich mit großer Anstrengung und Geschick, trotz der Unfallverletzungen, recht gut gelungen. Bertram Fröhlich war ja vorweg einbalsamiert worden. Hagen Gräber drapiert die Kerzenhalter neben die Särge und richtet den Blumenschmuck her. Benno fährt währenddessen den Leichenwagen auf den Parkplatz. Wie er vom Parkplatz zurückkehrt, begrüßt der Pastor die ersten Angehörigen vor der Kapelle. Er winkt Hagen und diskret ziehen sie sich zurück, ihr Einsatz ist für später vorgesehen.

Kriminalhauptkommissar Kleinemeier hat sein Team am, um und auf dem Friedhof postiert. Er will von jedem der Anwesenden der Trauergemeinde ein Foto, um im Nachhinein eine Auswertung zu tätigen. Die Befragungen der Familie von Wolfgang Fröhlich hat keinen greifbaren Anhaltspunkt einer Tatbeteiligung erbracht, der Verdacht steht weiterhin im Raum.
Nachdem die Särge in die Grabstelle herabgelassen wurden, legen die Anwesenden einzelne Blumen oder kleine Erinnerungsstücke in das offene Grab, um Abschied von den Verstorbenen zu nehmen. Im Anschluss daran sprechen die Trauernden den Hinterbliebenen ihr Beileid aus. Einigen Trauergästen fällt es schwer an diesem Schauplatz ihre Trauer in Worte zu fassen. Sie bringen ihre Anteilnahme durch persönliche Gesten, wie einen Händedruck oder eine stille Umarmung zum Ausdruck. Die Kondolenzschreiben und Trauerkarten sammelt ein Mitarbeiter des Bestatters ein.
Die Beisetzung verläuft geräuschlos. Was der großen Beteiligung der Firmenangehörigen und Reiterfreunde der Verstorbenen geschuldet ist. Da reißt sich die Familie vorerst zusammen.
Für die Trauernden ist der anschließende gemeinsame Leichenschmaus nach Ablauf der Beerdigungszeremonie eine wesentliche Hilfe für die Verarbeitung ihrer Trauer.
Das Leidmahl findet in einem namhaften Hotel in Stade statt.

Die Kuhlengräber, c 2022 Klaus-Dieter Budde

Hier ist die Stimmungslage eine andere. Nachdem der Vater von Gonda Fröhlich, ein wohlhabender Reeder aus Lübeck die Gäste begrüßt hat, sitzt die trauernde Familie zunächst schweigsam bei Kaffee und Kuchen. Die Kaffeerunde wird durch ein Klassikquartett musikalisch begleitet. Sie spielen Stücke von Isaac Albéniz. Traurige klassische Musik. Meike Fröhlich sitzt vis-a-vis von Bettinas Tante. Sie kann es nicht lassen die gute Dame ständig damit zu nerven, dass sie ja die beste Freundin war und Interna der Reederfamilie kennt, die nicht gut für deren Ruf sind.

«Drohen Sie uns?», fährt der Reeder dazwischen, der den Disput der beiden Damen schon länger verfolgt hat.

«Was heißt drohen? Ich bringe mich und meine Familie hinsichtlich des Erbes in Stellung, bevor da andere Ansprüche erheben!», sagt Meike Fröhlich herablassend.

«Lass doch Meike, das geht uns nichts an!», versucht, Wolfgang Fröhlich die Lage zu retten.

«Sehen Sie, selbst Ihr Ehemann erachtet Ihr Verhalten verwerflich!», sagt der Reeder und grient.

Meike blitzt Wolfgang an und steht auf.

«Ich sage Ihnen eins, wagen Sie es nicht, sich in meine Familienangelegenheiten einzumischen! Da werde ich böse.»

«Ach komm Karl, lass der Trulla ihren Spaß! Von der lassen wir uns die Trauerfeier nicht kaputtmachen!», sagt Bettinas Tante und wendet sich bewusst Ihrem Bruder zu.

Meike Fröhlich rastet daraufhin völlig aus und verliert jegliche Kontenance. Wirft mit Kaffeegeschirr und verlässt lautschreiend, in Begleitung von herbeigerufenem Hotelpersonal, die Trauerfeier.

«Ich entschuldig mich für das unmögliche Verhalten meiner

Die Kuhlengräber, c 2022 Klaus-Dieter Budde

Ehegattin!», sagt Wolfgang Fröhlich, peinlich berührt und verlässt mit Merle seiner Tochter, die verstört wirkt, das Hotel. «Der Mann tut mir leid», sagt der Reeder und bittet die übrigen Gäste, den Vorfall zu vergessen.

*

Wolfgang Fröhlich fährt mit der Tochter nach Horneburg und packt seine Sachen ein. Er hat oft abgewogen, die gemeinsame Wohnung zu verlassen, hat es immer wieder hinausgeschoben, um seiner Tochter die Familie zu erhalten. Heute ist das Maß voll. Diese Blamage will er nicht noch einmal erleben. Er zieht mit Merle in eine Wohnung in Stade am Hafen, die er vor längerer Zeit in weiser Voraussicht vorbereitet hat.
Merle, die zunächst skeptisch war, ist hin und weg von der Wohnung, die modern und pfiffig eingerichtet ist. Nicht solch ein hausbackener Geschmack wie bei ihrer Mutter. Der war es nur darauf angekommen, dass es teuer ist.
Sie hat ihren Vater unterschätzt, hier hat er sich mit seinem Verständnis von modernem Wohnen, eine supermoderne Wohneinheit geschaffen.
Endlich macht er sein Ding, denkt Merle, die es nie verstanden hat, dass ihr Vater sich die Widerwärtigkeiten seiner Frau gefallen ließ.

*

Kriminaloberkommissarin Vivian Steffens hat den Vorfall bei der Kaffeetafel beobachtet und sich an die Fersen von Meike Fröhlich gehängt, wie diese die Location fluchtartig verlässt.
Sie ist neugierig, was Meike in ihrer Wut anstellt.
Zunächst braust sie mit durchdrehenden Rädern vom Parkplatz, wie wenn sie hier ihre Duftmarke hinterlassen will.
Mit überhöhter Geschwindigkeit fährt sie über die Wallstraße, Salztorwall und Hansestraße zur Freiburger Straße, um dann in Richtung Bützfleth davonzubrausen.
Vivian hat Mühe an der Dame dranzubleiben, ohne aufzufallen. Am Ortseingang Bützfleth sieht sie den auffälligen Wagen von Meike Fröhlich wieder vor sich. Sie fährt ins Bützflether Moor. An einem Parkplatz für Wanderer bleibt sie stehen.
Zunächst passiert nichts.
Eine Viertelstunde nach Ankunft steigt sie aus und spaziert ins Moor. Mit ihrem Beerdigungsoutfit wirkt sie hier wie fehl am Platz. Vivian beobachtet sie durch ein Fernglas, das sie für diese Zwecke im Handschuhfach aufbewahrt.
Meike Fröhlich ist hier hinausgefahren, um sich zu beruhigen, läuft auf und ab und schimpft vor sich hin. Vivian hat genug gesehen und fährt zurück in die Dienststelle, wo ihre Kollegen die Fotos der Trauerfeier auswerten.

*

Der Reeder ist mit seiner Schwester, im Anschluss der Kaffeetafel, nach Ottenbeck in den Betrieb seines verstorbenen Schwiegersohnes gefahren. Wolfgang Fröhlich der Betriebsleiter und die Mitarbeiter sitzen im Aufenthaltsraum und unterhalten sich bei einem Bier über die

Die Kuhlengräber, c 2022 Klaus-Dieter Budde

Beerdigung. Wolfgang hat ihnen mitgeteilt, dass er sich von seiner Ehegattin getrennt hat, um das ewige Gezerre ums Geld zu beenden. Wolfgang und die Mitarbeiter hoffen, dass der Betrieb fortgeführt wird.

«Moin Männer!», grüßt der Redder und erklärt, dass bis zur Testamentseröffnung alles bleibt, wie es ist. «Dann müssen wir abwarten wer, da mit im Boot sitzt und ob die Erben gewillt sind, den Betrieb weiterzuführen!», sagt er und lässt sich den Gewerbebetrieb von Wolfgang Fröhlich zeigen.

«Ich möchte mich nochmals bei Ihnen für das Verhalten meiner Angetrauten entschuldigen!», sagt Wolfgang im Anschluss an die Führung.

«Ich habe vorhin mitbekommen das, Sie sich getrennt haben!», sagt die Schwester des Reeders.

«Ich denke nicht, das Sie da in der Verantwortung für Ihre Gattin sind. Ich kenne die Geschichte Ihrer Ehe von Gonda. Hut ab, dass Sie das zur liebe Ihrer Tochter solange ausgehalten haben.» Der Reeder reicht ihm zum Abschied versöhnlich die Hand, die er gerne annimmt.

*

Meike Fröhlich staunt nicht schlecht, wie sie bemerkt das Wolfgang und Merle die Wohnung verlassen haben.
Sie setzt sich an den Küchentisch und faltet den Brief auseinander, den Wolfgang ihr hingelegt hat.
Mit Erstaunen liest sie das Schreiben. Diese Wortwahl ihr gegenüber, kennt sie nicht von ihrem Ehemann. Da ist von Scheidung die Rede und das mit dem Unterhalt hat er seit Langem geregelt.
Wolfgang schreibt, dass er sie widerwärtig findet und sich eine

Zukunft mit seiner Ehefrau anders vorgestellt hat. Er schreibt von Geldgier und Neid und das er es satthat, sich mit diesen Themen weiterhin zu beschäftigen.

Meike schenkt sich einen Cognac ein und schüttet ihn in einem Schluck hinunter. Dem folgt ein Zweiter und ein dritter. In dieser Verfassung setzt sie sich ans Steuer ihres, Alfa Spider und jagt von Horneburg über die B73 in Richtung nach Stade. In Agathenburg ist die Fahrt frühzeitig zu Ende. Eine aufmerksame Polizeistreife leitet sie auf einen Parkplatz. Zerknirscht sitzt sie im Transporter der Polizei und bläst in einen Alkomaten. Meike grollt in sich hinein. Da sie auf der Trauerfeier zwei bis drei Rotwein getrunken hat, macht sie sich keine Illusionen, was den behalt des Führerscheins betrifft.

«Eins Komma sechs Promille!», sagt der Streifenbeamte. «Wir fahren Sie auf die Wache zur Blutentnahme! Wenn Sie mir, Ihren Fahrzeugschlüssel geben, verschließe ich Ihr Fahrzeug», bietet der Beamte seine Hilfe an.

Meike übergibt den Schlüssel und ergibt sich ihrem Schicksal. *Gegenwärtig habe ich alles verloren,* wertet sie und legt den Sicherheitsgurt an.

Die Kuhlengräber, c 2022 Klaus-Dieter Budde

Kapitel 6

Kriminalhauptkommissar Heino Kleinemeier sitzt zusammen mit Vivian Steffens bei einer Tasse Kaffee in der Cafeteria der Dienststelle. Sie lassen die vergangenen Tage Revue passieren und kommen zu dem Ergebnis, dass sie den Verdacht gegen Meike Fröhlich nicht aufrechterhalten. Da sind zu viele Unwägbarkeiten, die auf einen anderen Täter hinweisen.

«In den Geschäftsunterlagen habe ich keinerlei Hinweise gefunden, die auf einen geschäftlichen Hintergrund der Vergehen hindeuten!», sagt Heino resigniert.

«Dann schauen wir uns noch mal alle beteiligten Personen an, die in den Fall involviert sind!», schlägt Vivian vor.

«Es bleibt uns nichts anderes übrig!»

Heino steht auf und bringt das Geschirr zum Geschirrwagen, gemeinsam schlendern sie zurück ins Großraumbüro, um den Fall von vorn aufzudröseln.

«Brainstorming!», ruft Heino Kleinemeier in den Raum.

Alle beteiligten Ermittler versammeln sich vor dem Whiteboard und schauen Ihren Chef fragend an.

«Wir fangen von vorn an! Manuel, notierst du bitte die Hirnstürme am Board!», erklärt sich der Kriminalhauptkommissar.

Manuel schreitet vor ans Whiteboard, um alles zu dokumentieren, was seine Kollegen vorbringen.

«Ok, wir fangen mit den beteiligten Personen an, obendrein die, die wir derzeit nicht berücksichtigt haben!»

Manuel schreibt alles mit und verbindet die einzelnen Personen mit sogenannten Beziehungsachsen. Je nach Beziehungsstatus in einer anderen Farbe. Zuerst die Familie

Die Kuhlengräber, c 2022 Klaus-Dieter Budde

Bertram Fröhlich mit Gonda und dem Schwiegervater. Danach Familie Wolfgang Fröhlich mit Meike und Merle. Die Firmenangehörigen, Reiterfreunde, den Notar, den Tierarzt von Meike Fröhlich, sowie Kunden und Auftraggeber des Betriebes.

Nach zwei Stunden ausführlichem Austausch und wiederkehrenden Veränderungen an den Beziehungen, haben sie ein eindrucksvolles Konstrukt geschaffen.

«Ich denke, wir haben alles!», stellt Heino fest.

Dr. Grit Birkenfels, die soeben den Raum betreten hat, schaut auf das Whiteboard und schüttelt den Kopf.

«Nicht alles! Da fehlen die beiden Bestatter, Hagen und Benno Gräber. Wenn Ihr eine Aufstellung macht dann müssen da alle und jeder drauf!», flachst sie.

«Stimmt!», sagt Heino Kleinemeier mit einem Grinsen und gibt Manuel ein Zeichen, damit er die erwähnten Bestatter, hinzufügt.

«Deswegen bin ich nicht hier, ich habe Nachricht vom Labor! Das Gift der Trichterspinne, ist in einer solch hohen Konzentration vorhanden, dass es unmöglich von einer Spinne gewonnen ist. Das Labor vermutet, das es aus medizinischen Gründen als Konzentrat beschafft wurde. Diese Essenzen werden benötigt, um Gegengifte herzustellen. Die kann nicht jeder beschaffen, es sei denn es gibt eine illegale Quelle, im Darknet oder auf tiermedizinischem Weg», berichtet die Rechtsmedizinerin.

«Das ist eine Nachricht, auf die wir aufbauen sollten! Jörg, das ist dein Part, die Quelle im Darknet zu suchen!», freut sich Kriminalhauptkommissar Kleinemeier und er bedankt sich

Die Kuhlengräber, c 2022 Klaus-Dieter Budde

artig bei Grit und reicht ihr einen Becher mit Kaffee.

*

Eine Woche später, Staatsanwalt Gunnar Zipperlein ist mittlerweile in seinen verdienten Urlaub geflogen, weshalb keiner der Kriminalbeamten in Tränen ausbricht. Die Ermittlungen verzögerten sich, da sie auf die Freigabe für die Durchsuchung der Geschäftsräume warten mussten. Nach der Freigabe sind sie mit der Untersuchung der sichergestellten Akten beschäftigt. Kriminalkommissar Jörg Merkens hat herausbekommen, das es bei der Software Plagiatsvorwürfe gibt. Die Anwaltskanzlei eines Softwareentwicklers für technische Anlagen, in Basel, hat eine gerichtliche Untersuchung beantragt. Sie sind mit dem Antrag gescheitert. Ihr Vorwurf bleibt dessen ungeachtet bestehen. Jörg nimmt, via skype, Kontakt mit der Firma in Basel auf und lässt sich den Sachverhalt schildern. Da er sich mit der Materie ausgezeichnet auskennt, überblickt er die Sprache der Softwareentwickler und wirkt präzis mit Zwischenfragen auf das Gespräch ein.

Kriminalhauptkommissar Kleinemeier ist mit Kollegin Steffens auf dem Weg zur Testamentseröffnung.
«Ich bin gespannt, wer dort alles anwesend ist», sagt Vivian beim Aussteigen.
Heino Kleinemeier hat am Hafen geparkt, da haben sie ein Stück Weg zu dem Ort, den das Notariat für die Eröffnung ausgewählt hat.
«Unter Umständen bringt uns das Testament in unseren Ermittlungen weiter. Denn wenn wir ehrlich sind, fehlt uns

bisher das Motiv für die Morde», sagt Heino Kleinemeier.
Gemeinsam steigen sie den Hagedorn zur Messerschmiede
hinauf und folgen der Fußgängerzone bis zur großen
Schmiedestraße. Die Testamentseröffnung findet in einem
Tagungsraum im Hotel Herzog Widukind statt. Das war der
Wunsch des Notars, da sein Notariat nicht über den
benötigten Platz verfügt. Die beiden Kriminalen sind nahezu
die Letzten, obwohl sie zwanzig Minuten zu früh dran sind.
*Wenn es um den schnöden Mammon geht, sind sie alle
überpünktlich,* bewertet Kriminaloberkommissarin Steffens
und setzt sich mit Heino abseits der potenziellen Erben.

Wolfgang Fröhlich sitzt mit seiner Tochter Merle mit
beachtlichem Abstand zu seiner Ehefrau, von der er
neuerdings getrennt lebt, wie Vivian gehört hat.
Des Weiteren ist der Schwiegervater von Bertram Fröhlich vor
Ort und einzelne der Angestellten des Betriebes. Zwei Damen
mittleren Alters kann Vivian nicht zuordnen, da ist Heino
Kleinemeier ihr behilflich.
«Das sind Reiterfreunde von Meike Fröhlich», raunt er ihr zu.
Der Notar trägt, nachdem er die geladenen Gäste begrüßt hat,
professionell den Inhalt des gemeinsamen Testaments der
Eheleute Fröhlich vor. Der Haupterbe ist der Bruder von
Bertram Fröhlich, dem die Firma zugesprochen ward.
Die anwesenden Angestellten erhalten je 10.000 Euro.
Meike Fröhlich geht leer aus.
Ihre Tochter dagegen erbt das Reitequipment und zwei der
Westernreitpferde aus dem Pferdebestand von Gonda
Fröhlich.
Den Reiterfreunden, werden die Vollblüter zugesprochen. Das

Wohnhaus und den Fuhrpark erbt ebenfalls Wolfgang Fröhlich. Wobei das private Barvermögen und die Wertpapiere in eine zu gründende Umweltstiftung gehen, deren Vorsitz der Vater von Gonda Fröhlich innehat.

Die anwesenden Erben sind im Grunde zufrieden mit dem Ausgang der Testamentseröffnung und unterzeichnen die vorgelegten Dokumente des Notars. Einzig Meike Fröhlich verlässt grußlos mit empörtem Gesichtsausdruck eilig den Tagungsraum des Hotels.

«Das war es!», sagt Kriminalhauptkommissar Kleinemeier und erhebt sich.

Vivian Steffens hält ihn am Arm zurück. Sie hat bemerkt das, der Reeder einen heftigen Disput mit Wolfgang Fröhlich hat. Heino beobachtet die Scene, kann sich keinen Reim darauf machen. Zu einem späteren Zeitpunkt, als der letzte Erbe die Veranstaltung verlassen hat, schreiten die beiden vor zum Notar. Heino zeigt seinen Dienstausweis und fragt den Vertreter des Erbrechts: «Sagen Sie, weshalb haben die beiden Herren gestritten?»

«Der ältere Herr war nicht damit einverstanden, das Wolfgang Fröhlich den größten Batzen vom Erbe abbekommen hat!», antwortet der Notar.

«Das ist eine übliche Reaktion von Eltern oder Schwiegereltern», fügt er an.

«Für Sie keine beachtenswerte Verhaltensweise, wenn ich Sie korrekt verstanden habe», stellt Heino klar.

«Ja, ganz recht! Das ist eine übliche Reaktion.»

Heino gibt sich mit der Antwort vorerst zufrieden, überlegt dessen ungeachtet, wie er das ermittlungstaktisch nutzt.

*

Dr. Siegbert Finderich fährt sportlich auf die Auffahrt des Beerdigungsinstituts Gräber, auf dem Beifahrersitz seine bildhübsche Laborassistentin Mareike. Oberflächlich schaut er auf seine Rolex Yacht Meister, er ist nahezu pünktlich!
Gewandt flitzt er um den 911er und öffnet seiner Labormaus, die heute einen superkurzen Minirock trägt, den Wagenschlag. Graziös anmutend schält Mareike sich aus dem Schalensitz.
«Hallo Siggi! Schön, dass du es geschafft hast!», ruft Benno Gräber zur Begrüßung und umarmt seinen Bandkumpel freundschaftlich.
Mareike gibt er zögerlich die Hand.
«Darf ich dir meine neue Labormaus Mareike vorstellen!», sagt Siggi wie nebenbei und folgt Benno, der ihn in den Garten führt.
Es ist alles für ein bescheidenes Angrillen vorbereitet. Hagen Fröhlich steht hinter dem Grill und wendet die T-Bone-Steaks.
Siggi greift sich ein Pils aus der bereitgestellten Kiste und öffnet die Flasche umständlich mit einem Kapselheber.
«Hast du Ergebnisse für mich?», fragt Benno nach.
Er ist indigniert, sein Freund hat ihn, wie es scheint hängengelassen.
«Wir konnten nichts feststellen! Keine Giftrückstände in deinen Proben!», antwortet Siegbert Finderich.
«Hagen, hast du gehört? Da lag ich mit meiner Annahme wohl daneben», sagt Benno geknickt. Er hat den Eindruck, dass sein Bruder Hagen die Nachricht mit Wohlwollen aufnimmt.
«Da kann man nichts machen!», sagt Hagen und stapelt die fertigen Steaks auf einen stattlichen Teller.

Die Kuhlengräber, c 2022 Klaus-Dieter Budde

Er bringt das Fleisch und gegrilltes Gemüse an den runden Gartentisch und gemeinsam lassen sie es sich schmecken.

Es ward ein vergnüglicher Nachmittag unter Freunden.

In der Nacht verlässt der Doktor mit seiner Labormaus, die ordentlich angeschickert ist, das Grillfest.

Siegbert Finderich hat sich in Stade ein Hotelzimmer reserviert und lässt sich mit einem Taxi dorthin chauffieren.

Was hat Hagen immer mit dem Siggi zu tuscheln, denkt Benno, der die beiden aus dem Küchenfenster am Taxi beobachtet.

«Das war ein schöner Abend!» Freut sich Hagen, wie er hereinkommt.

«Ja hat mir auch gut gefallen. Was hast du immer mit dem Siggi zu reden, ihr kennt euch kaum?»

«Ach nichts Besonderes, die Chemie stimmt zwischen uns, da macht es halt Spaß, ein bisschen herum zu flachsen!», sagt Hagen. «Seine Labormaus ist nicht übermäßig mit Intelligenz ausgestattet, da haben wir uns einen Spaß gemacht.»

«Ja, schön und blöd! Was anderes hat Siggi nie mitgebracht!», gibt Benno seinem Bruder recht. «Beine hat die, ich sag dir, die sind granatenscharf!»

Hagen winkt ab, «das ist nichts mehr für mich, diese jungen Dinger, kannste dich ja nicht anständig mit unterhalten.»

Nachdem sie alles zusammengeräumt haben, begeben sie sich zu Bett. Benno liegt lange wach, er vertraut seinem Bruder nicht.

*

Kriminalkommissar Jörg Merkens sitzt bei Heino Kleinemeier im Büro und berichtet von den Plagiatsvorwürfen aus Basel.

Die Kuhlengräber, c 2022 Klaus-Dieter Budde

«Ich bin zu dem Ergebnis gekommen, das da wie das Gericht ja seit einiger Zeit bestätigt hat, an der Plagiatsgeschichte nichts dran ist!»

«Wie kommst du da drauf?», hakt Heino nach.

«Die Kanzlei, die die Vorwürfe erhoben hat, ist bekannt dafür, dass sie neue Softwareentwicklungen als Plagiat abmahnt, um Geld damit zu verdienen. In sechzig Prozent der Fälle enden diese Art Abmahnungen in einem Vergleich! Ein lukratives Geschäftsmodell und rechtssicher. Schlüpfrig zwar, trotz alledem legal!», berichtet Jörg Merkens.

Heino hatte vermutet, dass die Spur nicht verheißungsvoll ist. Jörgs Vortrag bestätigt die Einschätzung.

«Ok! Konzentrieren wir uns auf den Reeder, den Schwiegervater von Bertram Fröhlich! Ich möchte, dass da jeder Stein umgedreht wird, mein Bauchgefühl sagt mir das dort, was nicht stimmt!», ordnet er an.

Die Kriminalkommissare Merkens und Pieper, der dazugestoßen ist, nicken knapp und begeben sich an die Arbeit. Um ein kriminelles Seefahrtunternehmen zu Fall zu bringen, müssen sie in der Lage sein, jede illegale Aktivität zu erkennen, wo immer sie vermutet wird. Die Idee hatte Kriminalkommissar Manuel Pieper.

Er stellt in Zusammenarbeit mit Jörg Merkens und den Staatsanwaltschaften Stade und Lübeck ein beachtliches Strafverfolgungsteam zusammen. Es besteht aus Ermittlungsbeamte der Fachbereiche Drogenbekämpfung, Einwanderung und Zoll. Das Team arbeitet von Lübeck aus gemeinsam mit Wirtschaftsfachleuten den Stader Ermittlern zu. Kriminalhauptkommissar Heino Kleinemeier erhofft sich

Die Kuhlengräber, c 2022 Klaus-Dieter Budde

einen Einblick in die Geschäfte des Reeders zu erhalten.

*

Vivian Steffens hat ihren freien Tag, nach einem späten
Frühstück ist sie in der Innenstadt von Stade auf Achse. Sie
hat, wie üblich, wenn sie in der Stadt unterwegs ist, ihre
Kamera dabei. Die prachtvollen Fassaden der Stader Altstadt
haben es ihr angetan. Oft hat sie die Gebäude fotografiert, je
nach Lichteinfall und Tageszeit präsentieren sie auf eine
andere Art. Primär die linearen Verhältnisse der Gebäude im
Raum. Das Abstandsverhältnis, der hanseatischen Architektur
im Terrain, in Relation zum Standort des Beobachters.
Die Perspektive ist damit an den Ort des Betrachters
gebunden und wird einzig durch die Verschiebung der Orte
der Gebäude und des Fotografen im Raum verändert. Vivian
Steffens hat mit einigen ihrer Schwarz-Weiß-Aufnahmen
regionale Fotowettbewerbe gewonnen. Es reizt sie, sich mit
den Profis in der Fotografie zu messen.
Soeben hat sie ihr Stativ, am Wasser Ost, höhe Säbelberg
ausgerichtet, um das Goebenhaus im späten Morgenlicht zu
fotografieren. Da bemerkt sie auf der Mauer vorm
Schwedenspeicher Hagen Gräber, der sich aufgeregt mit
einem Herrn streitet. Bei genauerem Hinsehen erkennt sie
Wolfgang Fröhlich. Der Streit flaut rasch ab und die zwei
unterhalten sich wieder in normaler Lautstärke. Späterhin
rauchen sie gemeinsam eine Zigarette und verabschieden sich.
Eine Spur zu innig wie Vivian findet.
Flink sichert sie das Gesehene mit einem Foto ab.
Nachfolgend widmet sie sich wieder dem Goebenhaus.

*

Drei Wochen später. Kriminalhauptkommissar Heino Kleinemeier steckt den Handapparat des Telefons zurück in die Station. Die Untersuchung um den Reeder war mit fünfundzwanzig Festnahmen und zu erwartenden Geldstrafen im sechsstelligen Bereich erfolgreich. Zusätzlich wurden einige Schiffe in europäischen Häfen an die Kette gelegt. Eine Beteiligung an den Morden ist in keiner Weise nachgewiesen worden. Heino zieht seine Ermittler von dem Team in Lübeck ab, sie werden dort nicht mehr gebraucht. Hier in Stade sind sie keinen Schritt weitergekommen, obwohl sie wahrlich jeden Stein umgedreht haben, bleibt ein adäquates Ermittlungsergebnis aus. Es ist zum Verzweifeln! Dass sie keine Resultate vorweisen, ist Heino peinlich. Staatsanwalt Gunnar Zipperlein der inzwischen aus dem Urlaub zurück ist, hat die Leitung der Ermittlungen wieder übernommen. Zipperlein ist nicht wesentlich bekümmert ob der Resultate, nein, er badet sich im Erfolg der Ergebnisse aus Lübeck.

So ist er, wertet Vivian Steffens und setzt sich mit einem Becher Kaffee in der Hand an den Konferenztisch des Besprechungsraums. Hier sind auf Anweisung des Staatsanwalts alle Ermittler zusammengekommen, um einen neuen Ansatz zu finden, wie es Gunnar Zipperlein ausdrückt.

«Wer hat den größten Vorteil durch die beiden Morde?», fragt Staatsanwalt Gunnar Zipperlein seine Ermittler.

«Das ist eindeutig Wolfgang Fröhlich!», antwortet Kriminalhauptkommissar Kleinemeier.

«Und?», schaut der Staatsanwalt fragend in die Gruppe.

«Nichts und! Den haben wir rauf und runter überprüft, der ist ausermittelt! Da ist nirgendwo ein Ansatzpunkt.» Heino ist nicht amüsiert über die spitze Bemerkung des Staatsanwalts. «Dann überprüfen wir den Herrn abermals! Es kann nicht sein, dass da nichts ist! Das wäre das erste Mal, das der Hauptprofiteur nicht involviert ist!», ordnet Zipperlein an. Er reagiert nicht auf die Befindlichkeiten seiner Ermittler, trinkt seinen Kaffee aus und sagt: «Guten Morgen», und verlässt den Besprechungsraum.

«Ein Armleuchter! Kommt erholt aus dem Urlaub und macht hier gleich auf dicke Hose», schimpft Kriminalkommissar Jörg Merkens. «Hat ja nicht unsere Überstunden geleistet! Da hat er gut reden!»

«Er hat recht! Wir sind bei den Mordfällen nicht einen Schritt weiter Leute, was erwartet ihr denn von ihm, er hält am Ende des Tages den Kopf für uns hin!», sagt Heino und erarbeitet gemeinsam mit den Kommissaren einen neuen Ermittlungsplan.

Die Kuhlengräber, c 2022 Klaus-Dieter Budde

Kapitel 7

Hagen und Benno Gräber sind unterwegs um den Leichnam einer alten Dame aus einem Seniorenstift im Kehdinger Land abzuholen. Die gnädige Frau ist eines natürlichen Todes gestorben. Es ist der Wunsch ihrer Kinder, dass das Bestattungsinstitut Gräber sich um die Beerdigung kümmert. Während Benno den Wagen fährt, checkt Hagen seine Mails am Mobiltelefon. Verstohlen liest er die Nachricht eines Bekannten und löscht sie sofort. Er beobachtet mit hochrotem Kopf seinen Bruder. Hat der was bemerkt? *Scheint nicht der Fall zu sein,* wähnt Hagen erleichtert und steckt das Telefon in die Innentasche seiner Jacke.

«War wohl nicht so wichtig?», fragt sein Bruder und schaut dabei auf den vor ihnen fahrenden Lkw.

Hat er doch bemerkt, denkt Hagen und schüttelt den Kopf.

«Nee war nicht bedeutend! Eine Werbemail! Langsam geht mir das auf den Sack mit diesen Mails!», schimpft er.

«Muss ja was Versautes gewesen sein? Du hast anständig rote Ohren bekommen.» Grinst Benno seinen Bruder von der Seite an.

«So ein Quatsch, was du immer hast.» Hagen tut beleidigt und schaut demonstrativ aus dem Seitenfenster.

Erst wie sie am Seniorenstift ankommen, spricht er wieder mit seinem Bruder.

Benno macht sich Sorgen um den Bruder, irgendetwas verbirgt er vor ihm. Er ist nicht dahintergekommen, was es ist. Selbst Freunde und Bekannte haben ihn angesprochen ob der Veränderung im Verhalten seines Bruders.

Benno plant, am Abend mit Hagen ein ernsthaftes Gespräch

zu führen, letzten Endes gehts ums Geschäft. Ein miesepetriger Zeitgenosse ist da keine enorme Werbung.

Nachdem sie den Leichnam übernommen haben, fahren sie zurück zum Institut. Hagen steuert den Wagen, währenddessen Benno mit dem Steinmetz telefoniert, der die Grabsteine für die Gräber der Eheleute Fröhlich anfertigt. Er will wissen, ob sich die Erde der Grabanlage vollständig gesetzt hat. In der Regel vergehen zwischen der Wahl und dem Aufstellen des Grabsteins eine gewisse Zeit. Zum einen benötigt der Steinmetz für die gewünschte Gestaltung des Leichensteins geraume Zeit, da der Stein gefertigt und beschlagen wird. Zum anderen kann das Erdreich absinken oder uneben geraten.
Soll der Grabstein vor dem Ende dieses Prozesses gesetzt werden, kann er Schaden nehmen beziehungsweise andere Grabstätten im näheren Umkreis beschädigen.
Benno, der am Vortag auf dem Friedhof war, um die Grabstätte der Fröhlichs anzuschauen, bittet den Steinmetz, weitere zwei Wochen zu warten, um sicherzugehen, dass der Untergrund tragfähig ist. Der Skulpteur sagt das zu und beendet das Gespräch.
«Das der immer drängelt!», kommentiert Hagen das Telefonat. «Notfalls sehen wir uns nach einem anderen Steinmetz um!», fügt er an. Die Zusammenarbeit ist nach seiner Empfindung länger nicht harmonisch.
«Was du wieder hast! Der ist fix und hat günstige Preise. Weil dir sein Gesicht nicht passt, haben wir nicht das Recht, die Zusammenarbeit kündigen.» Benno schüttelt den Kopf, er begreift das Verhalten seines Bruders immer weniger.

Hagen ärgert sich über die Anspielungen von Benno, hat der was Mitbekommen von seinem Geheimnis?

Eher unwahrscheinlich, glaubt er und lenkt den Wagen vor die Halle des Beerdigungsinstituts. Rasch stellen sie den Sarg auf den Transportwagen und Hagen schiebt die Tote in den Vorbereitungsraum.

«Ich fang dann an!», ruft er seinem Bruder zu und entnimmt, mit einem Mitarbeiter, den Leichnam aus dem Transportsarg und legt ihn auf den Arbeitstisch. Akribisch geht er seiner Arbeit nach und bereitet die sterbliche Hülle für die Beisetzung vor.

*

Kriminaloberkommissarin Vivian Steffens fährt sich mit den Fingern der rechten Hand durchs tizianrote Haar und schaut Heino Kleinemeier fragend an. Sie hat ihm das Foto gezeigt, welches sie in der Stadt von Hagen Gräber und Wolfgang Fröhlich geschossen hatte.

Siedend heiß war es ihr bei der Besprechung eingefallen, daraufhin hat sie Heino Bescheid gesagt.

«So, wie du das berichtest, ist das eine Möglichkeit! Lass uns zu diesem Wolfgang Fröhlich fahren. Heute Abend in seine Privatwohnung, in heimischer Atmosphäre ist er unter Umständen gesprächiger!», sagt Heino.

Er ist erstaunt, dass Vivian erst jetzt mit dem Bild kommt, solch Nachlässigkeit ist er von ihr nicht gewohnt.

«Sorry, ich war mit meiner Kamera in der Stadt unterwegs um Fotos für einen Wettbewerb zu tätigen, da ist mir der Schnappschuss im Eifer des Gefechts untergegangen», entschuldigt sie sich, denn sie hat bemerkt, das Heino missgestimmt war.

Unvermittelt steht Jörg Merkens vor ihnen am Schreibtisch.

«Ich habe da was! Eine Nachbarin von Gonda Fröhlich hat sich bei uns gemeldet, die gute Frau war im Urlaub und hat erst jetzt mitbekommen, das Gonda Fröhlich ermordet wurde.»

«Und?», fragt Heino Kleinemeier angespannt.

«Die Dame, eine Gesine Märcher, hat an dem Abend, bevor Gonda Fröhlich zum Reiten gefahren ist, einen Alfa Romeo Spider in Rot vor dem Haus bemerkt. Die Fahrerin hat das Anwesen lange beobachtet und ist später zu Fuß auf das Grundstück marschiert!», berichtet Jörg mit einem Lächeln.

«Und? Einen Verdacht?» Heino ist hibbelig.

«Ja man, die Meike Fröhlich fährt solch einen Wagen!» Jörg Merkens schüttelt den Kopf, Heino ist doch sonst nicht so begriffsstutzig.

«Ah verstehe, du denkst das die Fröhlich, die Fröhlich ...!», sagt Kriminalkommissar Kleinemeier, bei dem der Groschen gefallen ist.

«Ja exakt das denke ich!», antwortet Kriminalkommissar Merkens.

Vivian Steffens die ihre Kollegen aufmerksam beobachtet hat, springt auf. «Was ist, worauf wartet ihr!», ruft sie und holt ihre Jacke.

«Manuel, du übernimmst den Wolfgang Fröhlich!», ruft Heino seinem Kollegen zu und macht sich auf den Weg zum Wagen. Gemeinsam fahren sie zum Haus der Zeugin.

Jörg und Vivian erkunden das Anwesen der Fröhlichs, während Heino die Zeugin nochmals befragt.

Die Kuhlengräber, c 2022 Klaus-Dieter Budde

«Schau hier, die Tür ist offen!»

Jörg Merkens zeigt auf eine Nebeneingangstür, die vom hinteren Garten in die geräumige Doppelgarage führt.

Gemeinsam schreiten sie hinein, dort sind keinerlei Spuren zu sehen, die eine manipulierte Bremsleitung unweigerlich macht.

«Komisch ist das in jedem Fall! Wir schicken die Spurensicherer hier noch mal hinein, mag sein das die, was übersehen haben!», sagt Vivian kritisch.

Kriminalkommissar Merkens nickt, dasselbe hat er soeben gedacht. Er ruft den Staatsanwalt an und bittet um die erforderliche Unterstützung. Gunnar Zipperlein fragt nicht lange nach und sagt den Einsatz der Spurensicherung zu.

*

Kriminalhauptkommissar Kleinemeier sitzt auf dem Sofa von Gesine Märcher und genießt einen Kaffee, den ihm die toughe Mitsechzigerin kredenzt hat. Sie berichtet, dass sie den Alfa circa eine Stunde beobachtet hat, da in der Umgegend zuvor oft eingebrochen wurde.

«Ich war verunsichert, ob das ein Einbrecher ist oder ein schaubegieriger Besucher», berichtet sie. «Erst wie eine Vertreterin des weiblichen Geschlechts aus dem Fahrzeug stieg, habe ich die Beobachtung beendet.»

«Kannten Sie die Dame?», hakt Heino Kleinemeier nach und mopst sich eine Waffel, die Gesine Märcher zum Kaffee bereitgestellt hat.

«Ja hab die oft hier gesehen, warum die an dem Tag nicht wie zuvor auf die Einfahrt gefahren ist, entzieht sich meiner Kenntnis.»

Die Kuhlengräber, c 2022 Klaus-Dieter Budde

«Und die Dame ist zu Fuß aufs Grundstück?»

«Ich denke! Wie gesagt, ich habe da nicht mehr zugeschaut. Später habe ich gesehen, wie sie wieder in ihren Wagen stieg und weggefahren ist!», schildert Gesine Märcher ihre Wahrnehmung.

«Da sage ich herzlichen Dank! Sie haben uns sehr geholfen. Ich bitte Sie, morgen am Nachmittag in die Teichstraße zu kommen um das Protokoll, das ich hier vorerst in Kladde geschrieben habe, zu unterzeichnen.»

«Gerne.»

Gesine Märcher begleitet Heino zur Tür und verabschiedet ihn recht herzlich. *Eine toughe Dame,* wertet Heino und macht sich auf den Weg zum Grundstück der Fröhlichs. Er hat gesehen, dass die Fahrzeuge der Spurensicherung vorgefahren sind. Kriminaloberkommissarin Vivian Steffens zeigt ihm den hinteren Eingang der Garagenanlage.

«Ich denke, hier ist sie reingekommen! Es ist vom Haus nicht einsehbar und wie mir die Techniker berichtet haben, ist die Manipulation der Bremsanlage, wenn man die Kenntnis hat, eine Sache von zwei Minuten!», erklärt Vivien ihrem Chef.

«Soweit mir bekannt ist, haben wir hier keine Spuren einer Manipulation entdeckt. Oder hat sich da was geändert?»

Heino ist skeptisch, zuletzt hat die Spurensicherung hier nichts gefunden. Vivian ist voller Zuversicht, sie vertraut den Kollegen, auf die ist Verlass. Wenn hier ein Attentat auf die Bremsen des Jaguars geschehen ist, finden sie die Hinweise!

«Bingo!», hören sie einen Spurensicherer rufen, und sind gleich bei ihm.

Der Kollege berichtet, dass er an der Grundstücksgrenze in einem Gebüsch eine Plastiktüte entdeckt hat, in der zerrissene

Die Kuhlengräber, c 2022 Klaus-Dieter Budde

verschmierte Pappreste liegen.

«Wir prüfen, ob hier die Bremsflüssigkeit vom Jaguar anhaftet, dann haben wir den Beweis, das hier manipuliert wurde. Die Pappe hat der Täter untergelegt, um keine Spuren zu hinterlassen.»

«Täterin!», sagt Heino Kleinemeier, denn für ihn ist klar, das Meike Fröhlich wieder im Spiel ist.

«Wenn Ihr die Analyse fertig habt, sofort an uns, damit wir der Dame auf die Füße treten können!», fügt Vivian an und macht sich mit ihren Kollegen auf den Weg in die Teichstraße.

Der Spurensicherer schaut hinterher und schüttelt den Kopf. *Wenn die wissen, wer die Täterin ist, warum suchen wir da hier herum,* sinnt er und wendet sich wieder seiner Arbeit zu.

*

Wolfgang Fröhlich steht am Bahnsteig am Stader Bahnhof und verabschiedet seine Tochter Merle, die mit ihrer Schulklasse in eine Jugendfreizeit nach Höxter fährt. Er freut sich für Merle, sie hat in der letzten Zeit durch die Trennung ihrer Eltern allerlei durchgemacht.

«Erhol dich Merle und grübel nicht über unsere Familie nach!», sagt er zu seiner Tochter und streicht ihr über das Haar.

«Papa! Was sollen die anderen denken, wenn du mich hier wie ein kleines Mädchen verabschiedest!», schmollt Merle ob der Liebkosung.

«Die denken, das dein Papa dich lieb hat!» Lächelt Wolfgang Fröhlich die Kritik seiner Tochter weg.

«Ja ich weiß ja, wie du das meinst,» sagt Merle. Sie umarmt ihren Vater und gibt ihm einen dicken Kuss auf den Mund.

Die Kuhlengräber, c 2022 Klaus-Dieter Budde

«Merle!»

«Siehst!» Grinst Merle verschmitzt und verschwindet im Zug. Wolfgang Fröhlich sieht dem Zug lange hinterher und winkt seiner Tochter, dann schlendert er in Gedanken an seine unglückliche Ehe nach Hause, in seine Wohnung am Hafen.

Er hat sich für heute freigenommen. Am Abend plant er, nach Hamburg zu fahren, um einen Freund zu besuchen. Kurz bevor er seine Wohnung, an der Werft erreicht, sieht er einen der Kriminalbeamte. Pieper heißt der Kommissar, wenn er sich richtig erinnert.

«Sie wollen bestimmt zu mir!», ruft er dem Kommissar zu. Manuel Pieper schaut erstaunt auf und sieht Wolfgang Fröhlich auf der anderen Straßenseite.

«Ja Herr Fröhlich, zu Ihnen möchte ich!»

«Da kommen Sie mit hinein in die gute Stube», sagt Wolfgang Fröhlich und betritt eines der neuen Stadthäuser. Mit dem Fahrstuhl fahren sie in die obere Etage. Fröhlich öffnet mittels eines Zugangscodes die Wohnungstür und weist Manuel einen quietschorangenen Cocktailsessel zu.

«Darf ich Ihnen was zum Trinken anbieten, einen Kaffee oder ein Wasser?», fragt Wolfgang Fröhlich und macht sich an dem Kaffeeautomaten zu schaffen.

«Ja gern, einen Kaffee», sagt Manuel Pieper und schaut sich in der neuen Wohnung um. Die ist modern im Bauhausstil eingerichtet. Highboards und Sideboards sind in weißem Schleiflack gehalten. Dabei Chrommöbel und diverse Polsterelemente. Ein lichtblauer Fußbodenbelag ergänzt sich treffend mit den Beistellmöbeln, die in leuchtenden Farben wie bunte Tupfer der nüchternen Wohnlandschaft Leben einhauchen. Auf einem der Farbtupfer sitzt er dem Hausherrn gegenüber und genießt den untadeligen Kaffee.

«Herr Fröhlich, wir haben uns aufgrund einer Zeugenaussage, wiederholt das Grundstück Ihres verstorbenen Bruders angeschaut und sind fündig geworden!», erklärt Kriminalkommissar Pieper seinem Gastgeber.

«Und haben Sie Hinweise, wer der Mörder meines Bruders ist?», fragt Wolfgang Fröhlich aufgeregt nach.

«Da kann ich nichts zu sagen. Wir haben mit hoher Wahrscheinlichkeit den Ort gefunden, an dem der Wagen Ihrer Schwägerin manipuliert wurde.»

Manuel Pieper beobachtet sein Gegenüber präzise, wie er ihm das sagt. Außer gespannte Neugierde macht er nichts Auffälliges am Verhalten seines Gesprächspartners aus.

«Was bedeutet das?», fragt Fröhlich interessiert nach.

«Das besagt, das wir Ihr Alibi und die Abwesenheit Ihrer Ehefrau nochmals genauer untersuchen!», erklärt Kriminalkommissar Pieper.

«Mit meiner Meike habe ich keinen Kontakt mehr seit der Beerdigung! Ich habe die Scheidung eingereicht und das Sorgerecht für meine Tochter beantragt. Es sieht gut aus! Das Familiengericht hat mir das vorläufige Sorgerecht erteilt. Ich habe die besondere Härte geltend gemacht, somit steht der Scheidungstermin bald an.»

Da ist Erleichterung zu spüren, erkennt Manuel.

«Ihre Ehefrau wohnt weiterhin in Horneburg in der alten Wohnung?»

«Ja sie bleibt da wohnen, es ist unser Reihenhaus, das habe ich ihr in der letzten Woche überschrieben!», erklärt Wolfgang Fröhlich.

Manuel Pieper arbeitet mit ihm nochmals den Tag durch, an

Die Kuhlengräber, c 2022 Klaus-Dieter Budde

dem Gonda Fröhlich verunglückt ist. Er erspäht keine Abweichungen zur ersten Aussage.

«Ok dann bin ich hier fertig Herr Fröhlich. Ich wünsche Ihnen und Ihrer Tochter für die Zukunft alles Gute!», sagt Manuel zum Abschied.

Beim Hinausgehen schaut er zufällig auf ein paar Fotografien, die in der Diele hängen.

«Sie kennen Hagen Gräber?»

«Ja wir sind zusammen in einem Tanzclub in Hamburg! Sie müssen wissen ich bin leidenschaftlicher Standardtänzer.»

«Ihre Gemahlin tanzt nicht?»

«Nein leider nicht, ich habe eine feste Tanzpartnerin für die Turniere», sagt Fröhlich bedauernd.

«Ok, schönen Tag und auf Wiedersehen.»

Manuel gibt Wolfgang Fröhlich die Hand und fährt mit dem Fahrstuhl nach unten.

Das ist ja ein Zufall, dass er mit dem Bestatter seines Bruders im Tanzclub ist, sinniert Manuel und bummelt durch die ansprechende Stader Altstadt zur Dienststelle.

*

Am Abend, im gemeinsamen Gespräch stellen die Ermittler fest, das es ein Zeitfenster gibt, bei dem niemand hinterfragt hat, wo sich Meike Fröhlich aufgehalten hat.

«Da haken wir nach. Ich bin gespannt, was uns die Dame für einen Geschichte auftischt!», sagt Kriminalhauptkommissar Heino Kleinemeier.

«Es wird eng für die Dame!», stellt Vivian Steffens mit Genugtuung fest.

Sie hatte Meike Fröhlich von Anfang an auf dem Schirm. Heino

Die Kuhlengräber, c 2022 Klaus-Dieter Budde

findet die Spitze nicht erfreulich und winkt ab. Er weiß, um seinen Fehler, gegenwärtig gilt es diesen wieder auszumerzen. Da Meike Fröhlich nicht aufzufinden ist, hat er in Absprache mit dem Staatsanwalt eine Fahndung eingeleitet. Gunnar Zipperlein, der Meike Fröhlich nach dem Angriff gegen sich, hat laufenlassen, war ebenso wie Heino nicht amüsiert das, diese momentan die Hauptverdächtige ist. Da haben sie sich nicht mit Ruhm bekleckert.

«Da hat sich die Teamarbeit bewährt!», lobt er die Ermittler. «Was der eine nicht erkennt, nimmt der andere auf! Im Grunde ist es egal, wie wir den Täter überführen, Hauptsache wir machen ihn dingfest!», versucht er seinen Fauxpas zu relativieren. «Bleiben wir als Team stark!» Der Staatsanwalt streckt den Arm theatralisch mit geballter Faust empor und fixiert jeden seiner Ermittler mit seinem Blick, daraufhin verlässt er abrupt die Gesprächsrunde.

«Der hat es nötig!», kommentiert Kriminaloberkommissarin Steffens den Auftritt des Anklägers.

Kriminalkommissar Manuel Pieper berichtet von seinem Besuch bei Wolfgang Fröhlich. Nachdem er von der modernen Wohnung geschwärmt hat, erwähnt er die Fotografie, auf der eine Anzahl von Standardtanzteams abgebildet waren.

«Ihr glaubt ja nicht, wer mit Herrn Fröhlich zusammen tanzt ... Der Bestatter Hagen Gräber!», löst er die Frage auf.

«Aha, aufgrund dessen der persönliche Kontakt am Schwedenspeicher!», sagt Vivian Steffens.

«Jörg, da hakst du bitte nach, nicht das wir wieder was übersehen», ordnet Heino an.

«Manuel unterstützt dich dabei, er hat die Vorarbeit

geleistet!»

«Vivian und ich kümmern uns um die Fahndung und recherchieren, was wir hinsichtlich dieser Meike herausfinden. Irgendeiner muss doch was über diese Frau wissen!»

«Versucht es bei diesem Tierarzt! Ich meine wegen des Spinnengiftes. Im Darknet habe ich da nichts finden können», empfiehlt Kriminalkommissar Jörg Merkens.

«Oh danke für den Tipp, da setzen wir gleich an!», sagt Heino Kleinemeier und greift zu seinem Sakko.

Rasch hat sich die Besprechung aufgelöst und jeder bereitet seinen Auftrag vor.

Die Kuhlengräber, c 2022 Klaus-Dieter Budde

Kapitel 8

Professor Dr. Einfühler bleibt abrupt stehen. Er ist auf dem Weg zur Terrasse, wie er aus dem Augenwinkel das Bild einer seiner Patientinnen auf dem Bildschirm gewahrt.

«Lauter!», fährt er aufgeregt seinen Sohn an.

«Wieso? Sind Nachrichten, die interessieren mich nicht.»

Der Professor schnappt sich die Fernbedienung und schaltet die Stummschaltung aus. Er hört noch, wie der Sprecher sagt: «Die Frau wird als Zeugin dringend gesucht, wer ihren Aufenthaltsort kennt, ist aufgefordert, diesen bitte umgehend an die nächste Polizeidienststelle melden.»

Einfühler setzt sich auf einen Sessel und aktiviert die Stummschaltung. Sein Sohn schaut ihn fragend an.

«Was war denn das?», fragt er seinen Vater.

«Das ist eine Patientin von mir, die dort im Fernsehen gesucht wird!», erklärt der Professor seinem Sohn.

«Dann musst du das melden!»

«Das kann ich nicht tun, sie ist meine Patientin, da bin ich der Verschwiegenheit verpflichtet!», lehnt der Psychotherapeut den Wunsch des Sohnes ab.

«Papa, schätzungsweise ist das wichtig! Die Frau wird als Zeugin gesucht, da kann deine Patientin dochwohl zurückzurufen.»

«Nein! Das kommt nicht infrage! Dafür ist sie zu labil. Ich möchte da nicht drüber diskutieren.»

Professor Dr. Einfühler schreitet erhobenen Hauptes auf die Terrasse und setzt sich zu seiner Angetrauten an den Tisch, um Kaffee zu trinken.

«Was war denn?»

«Ach nichts, Marco wollte mir wieder einmal erzählen, was ich machen soll!»

«Der Junge meint, dass nicht so, der ist in der Pubertät! Da hat man nun mal andere Ansichten wie die Eltern. Das geht vorüber», beruhigt Helene Einfühler ihren Ehemann.

In der letzten Zeit fetzen sich ihre beiden Männer verbal um die Vorherrschaft im Hause Einfühler. Sie hofft inständig, dass das bald ein Ende hat. Solange kann eine Pubertät ja nicht dauern.

*

Nach der Kaffeepause bei seiner geliebten Gattin fährt Professor Dr. Einfühler zurück ins Klinikum nach Damp. Sie hatten Glück, als sie vor Jahren hierherkamen. Sie fanden sofort in der Nähe des Klinikums eine Villa, die sie liebevoll restauriert haben. Die Nähe zur Reha-Klinik hat den Vorteil, dass der Professor seine Pausen zu Hause bei seinen Lieben verbringt. *Wenn nicht dieses pubertäre Verhalten seines Sohnes die Idylle stören würde,* urteilt Professor Einfühler und fährt auf den für ihn ausgezeichneten Parkplatz. Er eilt ins Gebäude und erreicht mit einem der Fahrstühle in kurzer Zeit seine Behandlungsräume.

«Herr Professor Einfühler!», spricht ihn seine Assistentin aufgeregt an.

«Ja was ist denn? Sie sind ja ganz aufgelöst!»

«In der Behandlung eins, wartet die Polizei auf Sie!», stößt die Assistentin hervor.

Sie ist kurz vor einer Schnappatmung, so nimmt sie das Geschehen mit.

«Die Polizei! Na da schauen wir nach, ob die mich verhaften

Die Kuhlengräber, c 2022 Klaus-Dieter Budde

wollen», sagt der Professor und zwinkert seiner Assistentin abgründig zu.

Das ist zu viel des Guten für die aufgeregte Dame. Schniefend verbarrikadiert sie sich hinter ihrem Anmeldetresen und schaut den Professor vorwurfsvoll an.

Professor Dr. Einfühler betritt das Behandlungszimmer eins, das nichts anderes ist, wie ein hochwertig eingerichteter Raum, in denen er seine Gesprächstherapien abhält. Er begrüßt die beiden Polizeibeamte und fragt nach ihrem Anliegen.

«Ist eine Meike Fröhlich bei Ihnen in der Behandlung?», kommt der Wortführer der Polizeibeamte gleich auf den Punkt.

«Ja, Frau Fröhlich ist bei mir in Therapie.»

«Stationär? Ist sie hier im Klinikum untergebracht?», hinterfragt der Beamte.

«Ja stationär! Sie kann jederzeit das Haus verlassen, wenn es das ist, was Sie wissen möchten», erklärt der Professor.

«Das will ich doch hoffen», sagt der Beamte mit einem Lächeln.

«Wir müssen dringend mit der Dame sprechen und sie gegebenenfalls mit ins Kommissariat nehmen. Spricht da was aus Sicht des Mediziners, ergo aus Ihrer Sicht, dagegen?», fragt der andere der Polizeibeamte umständlich.

«Frau Fröhlich befindet sich in einer persönlich schwierigen Phase. Sie ist zwar labil, gegen eine Befragung, ob hier oder auf dem Kommissariat, ist jedoch nichts einzuwenden», erklärt der Professor.

«Gut, da würden wir uns freuen, wenn Sie uns den derzeitigen

Aufenthaltsort der Dame, in diesem riesenhaften Klinikum nennen.»

Professor Dr. Einfühler schaut in seinem Tablet nach und sagt: «Zimmer 1045 in Block B! Eine Frage habe ich an Sie. Woher wissen Sie, das sich Frau Fröhlich in unserem Haus aufhält?»

«Ein anonymer Anruf vor ca. einer Stunde. Wir haben im NDR einen Aufruf gesendet. Da liegt es im Bereich des Möglichen, das einer ihrer Patienten die Dame erkannt und angerufen hat», sagt einer der Beamte und verabschiedet sich vom Professor.

Seine Assistentin schaut erstaunt, wie die Polizei ohne ihren Professor das Haus verlässt. Ihre Laune ist gleich besser und sie bringt dem Professor einen Kaffee in den Behandlungsraum. Professor Dr. Einfühler sitzt auf einem Polsterstuhl und telefoniert mit seinem Sohn. Nachdem er das Gespräch beendet hat, ist er erleichtert. Sein Sohn Marco hat die Polizei nicht angerufen. *Da hat sich diese unsägliche Sache im Alleingang erledigt,* denkt der Psychologe und trinkt einen kräftigen Schluck Kaffee.

Er betrachtet seine Assistentin, die vor ihm steht und vor Neugierde platzt. Der Professor lächelt sie an und sagt: «Schicken Sie mir bitte den ersten Patienten herein.»

*

Benno Gräber steht zusammen mit seinem Bruder und einer Hilfskraft im Ausstellungsraum des Bestattungsinstituts und betrachtet ihr Werk. Sie haben neue Särge in die Ausstellung integriert und die Ausstellungsfläche erweitert.

«So sieht das gut aus!», sagt Hagen Gräber und fläzt sich in

seinen der Besuchersessel, um ihr Tagwerk zu betrachten.
«Ja, so lassen wir das!», freut sich Benno und reicht seinem
Bruder ein Bier.

Sie haben sich ausgesprochen, seitdem funktioniert es wieder
besser zwischen ihnen. Hagen hat Benno den Vorschlag
unterbreitet, dass er das Geschäft mit den Toten im Alleingang
weiterführt, da er sich anders orientieren will. Benno Gräber,
der Angst hatte, das Hagen sich seinen Anteil auszahlen lassen
würde, war zu Anfang skeptisch. Erst wie Hagen ihm erklärt
das, er seine Beteiligung beibehält, einigen sich die Brüder
und verhandeln einen Vertrag aus. Morgen fahren sie zum
Notar und lassen ihr Arrangement notariell beglaubigen.
Vorerst bleibt Hagen dem Institut erhalten. Bis ein adäquater
Bestatter ausgebildet ist. Später verlässt er den Betrieb dann.
Über die Gründe haben die Brüder Stillschweigen vereinbart,
um das Geschäft mit dem Tod nicht zu beeinträchtigen. Hagen
Gräber ist erleichtert, dass es geklärt ist, und freut sich
darüber, dass sein Bruder die Geschichte unaufgeregt
aufnimmt. Er hatte andere Befürchtungen.

An diesem Abend sitzen sie lange mit ihren Mitarbeitern
beisammen und unterhalten sich über die ein oder andere
Anekdote, die sie gemeinsam beim Geschäft mit dem Tod
erlebt haben.

*

Kriminalhauptkommissar Kleinemeier und
Kriminaloberkommissarin Steffens sind auf dem Weg an die
Ostseeküste. Damp in Schleswig-Holstein ist ihr Ziel. Kollegen
von der Dienststelle in Vogelsang-Grünholz, haben auf einen
Hinweis aus der Bevölkerung hin, Meike Fröhlich in der

Reha-Klinik in Damp aufgegriffen. Die Polizeistation ist zuständig für Damp und hat die Stader Staatsanwaltschaft umgehend benachrichtigt.

«Hier muss es sein!», sagt Heino, der Vivian das Steuer überlassen hat.

Sie fahren auf den Platz vor der Dienststelle und schauen sich um.

«Wir gehen erst einen Happen essen! Ich habe einen Mordshunger.»

Heino schaut Vivian an und nickt kurz, er hat ebenso das Bedürfnis, zu essen. Sie bummeln durch den Ort und finden ein Landgasthaus. Gemeinsam bestellen sie sich nach Durchsicht der Karte, die eher Bayerisch ausgelegt ist, ein Ochsenburger Pulled Beef. Das ist zerrupftes Ochsenfleisch im hausgemachten Kartoffelbrötchen mit Bier-BBQ-Soße, Coleslaw und Blattsalat. Dabei reicht der Wirt Rosmarinkartoffel.

Wortlos genießen sie das reichliche Mahl.

«Das habe ich gebraucht!», sagt Vivian und tupft sich den Mund mit der Serviette ab.

«Trinken wir einen Espresso?», fragt Heino.

«Ja gern, war Fett das Essen, da ist ein Espresso ein netter Abschluss.»

Nachdem der Mokka ausgetrunken ist, eilen sie zum Polizeiposten, um Meike Fröhlich zu arretieren.

*

Stunden zuvor. Meike Fröhlich sitzt in ihrem Patientenzimmer im Reha-Klinikum Damp. Sie hat sich auf Anraten ihres Rechtsbeistandes selbstständig eingewiesen, um sich psychotherapeutisch behandeln zu lassen. Nach der Trennung von ihrem Gemahl Wolfgang und dem Verlust des vorläufigen Sorgerechts, war sie seelisch am Ende. Ihr Rechtsbeistand, der das bemerkt hatte, macht eine Behandlung zur Voraussetzung, um überhaupt eine Chance auf das Sorgerecht im Hauptverfahren zu haben.

Professor Dr. Einfühler hat ihr nach eingehenden Tests und einer beachtlichen Anzahl an Gesprächsrunden, eine psychosomatische Störung testiert. Der Psychologe ist zuversichtlich, dass ein längerer Aufenthalt mit Gesprächstherapien und Yogaeinheiten, zu einem pläsierlichen Ende führt. Seine Bedingung! Absolutes Vertrauen, keinen Alkohol zu der Zeit des Aufenthaltes und keinen Kontakt zu Wolfgang oder Tochter Merle.

Meike hat das zugesagt und ist vor vier Tagen in den Therapieplan des Professors aufgenommen worden.

Es läuft gut an, findet Meike und macht sich fertig für die nächste Yogastunde. Sie ist soeben im Begriff das Zimmer zu verlassen, als es klopft. Da sie eh vor der Türe steht, öffnet sie diese sofort, was sie kurz darauf bereut. Vor ihr stehen zwei Polizeibeamte in Uniform und weisen sich zuallererst aus.

«Frau Meike Fröhlich aus Horneburg bei Stade an der Elbe?», fragt der größere der beiden Polizisten.

«Ja, ich bin Meike Fröhlich.»

«Weisen Sie sich bitte aus!», bittet der Kleinere der beiden, wohl um auch was zu sagen.

Meike Fröhlich kramt ihren Ausweis aus der Handtasche und zeigt ihn vor.

«Ok! Packen Sie ein paar Sachen zusammen und folgen uns auf den Polizeiposten!», weist sie der Größere an.

Die Kuhlengräber, c 2022 Klaus-Dieter Budde

«Hallo, was fällt Ihnen ein? Was wollen Sie von mir?», reagiert Meike entgeistert.

«Sie werden seit Tagen von den Stader Kollegen gesucht! Seit gestern sogar im Fernsehen», erklärt der Kleinere.

«Kommen Sie freiwillig und ohne Aufhebens mit, oder brauchen Sie dabei Unterstützung!», spricht sie der größere Polizist deutlich an.

Mit dem ist, nicht gut Kirschen essen, schätzt Meike Fröhlich die Umstände ein und hebt die Arme.

«Ist ja gut, ich komme mit! Obwohl ich mir keiner Schuld bewusst bin, damit das klar ist.» Das ist gelogen, aber das muss die Beamten wahrlich nicht interessieren.

Meike sucht eilends ihre Sachen zusammen und folgt den Polizeibeamten mit ihrem Rollkoffer durchs Klinikum nach draußen.

Das hat was von Spießrutenlaufen, empfindet sie. Allerorten bleiben die Patienten und das Personal stehen, um ihren Abgang zu betrachten. Das geht nicht immer ohne Kommentare ab.

«Endlich was los hier!», faucht Meike den glotzenden Empfangschef an und zeigt ihm den Mittelfinger.

«Wir können Ihnen Handschließen anlegen, wenn Sie sich nicht benehmen!», sagt der Kleinere der Polizisten.

Na mit dem habe ich es mir jetzt auch verscherzt, wertet Meike Fröhlich und lässt sich auf die hintere Sitzbank des Transporters drängen. Diesen Kuraufenthalt hatte sie sich anders vorgestellt. Auf der Fahrt zum Polizeiposten grübelt sie angestrengt, wie sie aus dieser Nummer herauskommt. Sie hat zwar einen groben Plan, ist jedoch verunsichert, inwieweit

Die Kuhlengräber, c 2022 Klaus-Dieter Budde

man sie bereits durchschaut hat.

*

Heino Kleinemeier steht vor dem Schalter des Polizeipostens und wartet zusammen mit Vivian auf Frau Fröhlich. Die holt man soeben aus dem hinteren Zellentrakt der Dienststelle. Sie haben die Information, das Meike Fröhlich mit ihrem Rechtsanwalt telefoniert hat und seitdem nichts zur Sache aussagt.
«Wir packen sie ein und fahren direkt zurück, was sollen wir uns hier mit ihr herumärgern!», entscheidet Heino Kleinemeier.
«Ja ich denke das, dass das Beste ist!», trägt Vivian Steffens die Entscheidung mit.

Als der Beamte Meike Fröhlich vorführt, übernimmt Vivian die Dame und verbringt sie zum Dienstwagen. Auf der Rücksitzbank fixiert sie Meike Fröhlich an einer Art Verlängerungskette mit den Handschließen. Wortlos lässt sie das über sich ergehen. Ihr Blick zeigt reinen Hass.
Gebrochen ist die nicht, urteilt Vivian Steffens, wie sie den eiskalten Blick der Gefangenen bemerkt.
Kriminalhauptkommissar Kleinemeier kommt später hinzu, er hat den Übergabepapierkram erledigt. Sie fahren gerade ab, als einer der Polizisten wildgestikulierend am Eingang des Polizeipostens auf sich aufmerksam macht. Ein anderer kommt mit einem pinkfarbenen Rollkoffer auf sie zugelaufen.
«Hier das ist der Koffer der Dame, den müsst Ihr mitnehmen!», ruft er abgehetzt und übergibt Vivian den Koffer, den sie in den Kofferraum packt.

Die Kuhlengräber, c 2022 Klaus-Dieter Budde

«Abfahrt!», sagt sie, wie sie zu Heino in den Wagen springt.
Meike Fröhlich, hat bisher nicht ein Wort gesprochen.
«Das wird ja heute eine stille Fahrt!», sagt Heino Kleinemeier
und grient.
Er schaltet das Radio ein. Radio BOB, ein Muss in
Schleswig-Holstein. In Stade kann er den Sender nicht überall
gut empfangen. Rockradio vom Feinsten schwärmt Vivian und
dreht die Lautstärke auf.

Kapitel 9

Wolfgang Fröhlich ist damit beschäftigt, seine Fliege zu binden, als Hagen Gräber die Umkleide des Tanzclubs in Eimsbüttel betritt.

«Hallo zusammen!», begrüßt Hagen die Sportkameraden, die sich auf die letzte Trainingseinheit vor der Generalprobe am Sonntag Vorbereiten.

Wolfgang Fröhlich und Hagen Gräber begrüßten sich mit einer Umarmung, während die anderen Mitglieder ihrer Gruppe ein müdes moin, von sich geben.

«Was ist mit euch los? Heute ist der große Tag, da ist Fröhlichkeit angesagt!», ruft Hagen scherzhaft in die Runde.

Nachdem alle umgekleidet sind, gehts zunächst ans Warmmachen. Turniertanzsport ist Leistungssport, da ist die richtige Vorbereitung der Muskulatur unverzichtbar.

Die Tanzpartnerinnen führen heute zum ersten Mal ihr neues Outfit vor. Ein Standard Ballroom Dance Kleid in schwarzer Spitze mit goldenen Applikationen. Ihre Tanzpartner applaudieren, wie die Damen den Tanzsaal betreten. Nach kurzem Herumgeplänkel nehmen die Tanzpaare, auf Aufforderung des Trainers, die Grundaufstellung ein.

Getanzt wird nach einem Melodienstrauß aus Vivaldis vier Jahreszeiten.

Standardformationen sind hoch komplex und bedürfen eines intensiven Trainings. Umso erstaunter ist die Formation, als der Tanztrainer nach dem ersten Durchgang die Probe beendet.

«Perfekt! Besser gehts nicht!», sagt er und lädt die Truppe zu einem Drink ein.

Die Kuhlengräber, c 2022 Klaus-Dieter Budde

Mit Begeisterung kleiden sich die Tänzer und Tänzerinnen um. Beim anschließenden Drink sitzen sie in Grüppchen zusammen und halten Small Talk. Wolfgang Fröhlich gibt Hagen ein Zeichen. Hagen verabschiedet sich kurz darauf und eilt bepackt mit seiner monströsen Sporttasche hinaus.

Eine halbe Stunde später macht sich Wolfgang Fröhlich auf und verlässt den Tanzsaal. Er fährt mit seinem Wagen nach Altona und begibt sich in eine kleine Bar an der Elbchaussee. Hagen Gräber sitzt längst am Bartresen und wartet auf ihn.

«Schön das, das Training früh zu Ende ist!», flüstert Wolfgang und gibt Hagen einen flüchtigen Kuss auf den Mund.

Hagen schaut sich verstohlen um.

«Keine Angst, hier ist der breiten Masse egal, wen du wann küsst!», beruhigt ihn Wolfgang. «Und aus dem alten Land kommt hier keiner her.»

Hagen ist da gehemmter, er ist ja schon froh, dass er seinem Bruder gebeichtet hat, dass er eine homosexuelle Veranlagung hat. Dass er mit Wolfgang Fröhlich zusammen ist, das weiß bisher niemand. Das hofft er zumindest.

Sie sind sich bei den Proben nähergekommen, Wolfgang war frustriert ob der Gier seiner Ehehälfte, die dem finanziellen Erfolg hinterherjagte. Hagen hat emphatisch zugehört und den ein oder anderen Tipp gegeben, wie Wolfgang seine Ehefrau umstimmen könnte. Irgendwann haben sie gemerkt, dass da mehr wie eine Freundschaft ist und darüber gesprochen. Ungeachtet alledem dauerte es viele Monate, bis sie zu ihrer Liebe standen. Es ist an der Zeit, es öffentlich zumachen. Beide tun sich schwer damit, wissen aber auch, dass das die einzige Chance für ein Zusammenleben ist.

In dieser Nacht reden sie lange über das bevorstehende

Die Kuhlengräber, c 2022 Klaus-Dieter Budde

Outing und sprechen sich gegenseitig Mut zu. Spät in der Nacht verabschieden sie sich vor der Bar und jeder fährt in Gedanken an den anderen nach Hause. Sie haben eine Strategie ausgemacht, die ihnen beim Outing helfen soll.

*

Heino Kleinemeier hat Meike Fröhlich aus der Untersuchungshaft in den Vernehmungsraum bringen lassen. Die Haft ist aufgrund der bisherigen Ermittlungsergebnisse angeordnet. Bei einer Tasse Kaffee sitzt er mit Vivian Steffens zusammen, um die Ergebnisse bis zum jetzigen Zeitpunkt zusammenzufassen. Sie bereiten sich akribisch auf die anstehende Vernehmung vor. Ein Fehler in der Anhörung darf ihnen nicht passieren. Denn das bedeutet in der Konsequenz, dass sie die Verdächtige wieder auf freien Fuß setzen müssen. Das gilt es zu vermeiden. Für sie ist Meike Fröhlich derzeit die Hauptverdächtige. Sie hat Motiv, und Gelegenheit die Delikte auszuführen.
«Ich bin mit meiner Vorbereitung soweit!», sagt Vivian und packt ihre Unterlagen in eine Sammelmappe.
«Ja ich bin ebenso bereit! Bin gespannt, ob die Dame gesprächiger ist wie auf der Rückfahrt von der Ostsee heute Nachmittag», antwortet Heino und steht auf.
Er hat sich seine Unterlagen unsortiert unter den linken Arm geklemmt. Vivian schaut ihn mitleidig an und schüttelt den Kopf: «Gleich in der Vernehmung suchst du wieder alles!», tadelt sie ihn.
«Das ist mein Trick, da denkt die Fröhlich, ich bin konfus und unterschätzt mich!», rechtfertigt sich Heino Kleinemeier mit einem Augenzwinkern.

«Ach so, na dann!» Vivian grinst sich eins, das kann ja was werden, Heino scheint heute in Form zu sein.

Meike Fröhlich sitzt mit ernster Miene im Vernehmungsraum. Eine Beamtin, die sie begleitet hat, übergibt ein paar Unterlagen an Vivian und setzt sich in die Nähe der Tür auf einen Stuhl. Meike Fröhlich scheint die Strapazen der Rückfahrt gut weggesteckt zu haben, zumindest erweckt es den Anschein, als sei sie hellwach.
«Hallo Frau Fröhlich! Haben Sie sich ausgeruht? Ich hoffe, Sie sind in der Anhörung gesprächiger als auf der Rückfahrt», versucht Kriminalhauptkommissar Kleinemeier eine freundliche Annäherung.
Demonstrativ schaut Meike Fröhlich an die Decke.
«Frau Fröhlich, wir haben Beweise, dass Sie das Fahrzeug Ihrer Schwägerin manipuliert haben. Eine Zeugin hat Sie vor dem Haus von Bettina Fröhlich gesehen! Unter anderem haben wir eine Pappe mit Bremsflüssigkeit im Garten gefunden, an denen wir Ihre Prints gesichert haben!»
Meike Fröhlich bleibt unbeeindruckt und schaut weiter an die Decke.
«Macht es Ihnen nichts aus das, Sie einen Menschen getötet haben?», versucht es Vivian mit Meike Fröhlich ins Gespräch zu kommen.
Nichts, Nada, kein Wort und keinerlei Reaktion.
«Sollen wir einen Anwalt verständigen?»
Abermals keine Erwiderung.
«Ok, wie Sie mögen! Bringen Sie die Dame wieder in die Zelle!», sagt Heino resigniert zu der Polizeibeamtin an der Tür und klaubt seine Unterlagen zusammen.

Die Kuhlengräber, c 2022 Klaus-Dieter Budde

Gemeinsam mit Vivian verlässt er den Vernehmungsraum.
«Da brauchtest du deine Taktik mit den unsortierten
Unterlagen nicht anwenden!», kann es Vivian nicht lassen.
«Ich denke, wir lassen die Dame eine Nacht in der Haft
schmoren, morgen ist sie hoffentlich gesprächiger», schlägt
Heino Kleinemeier vor, ohne auf die Anspielung einzugehen.
Wie sie im Großraumbüro ihres Teams ankommen, schreitet
Jörg Merkens auf sie zu und wedelt mit einem Papier.
«Was hast du Interessantes für uns?», fragt Heino
Kleinemeier.
«Ich habe den Tierarzt von Meike Fröhlich gründlich auf den
zahngefühlt.»
«Und?»
«Wie und?»
Kriminalkommissar Merkens steht augenfällig auf der Leitung.
«Ja hast du was herausbekommen, was für uns von Gewicht
ist?», drängt Heino auf Antwort.
«Ach so, ja natürlich!»
Jörg schaut von einem zum anderen.
«Und was hast du herausbekommen?»
Langsam ist Heino mit seiner Geduld am Ende.
«Der Tierarzt hat aus früheren Zeiten Dreck am Stecken! Er
hat illegal mit Medikamenten aus dem osteuropäischen
Ausland und China gehandelt. Die Arzneimittel waren bei uns
nicht zugelassen. Da die Arzneien im Einkauf erheblich
preiswerter sind, hat der Tierarzt deutlich Gewinn erzielt.
Hierfür ward er steuerlich und strafrechtlich geahndet. Nach
einer Sperrfrist hat er vor acht Jahren wieder eine eigene
Praxis eröffnet. Von Beginn an ist Meike Fröhlich mit ihren
exotischen Tieren Kunde bei dem Tierarzt!», berichtet Jörg

Die Kuhlengräber, c 2022 Klaus-Dieter Budde

Merkens aufgeregt.

«Haben wir einen Beweis, dass dieser Tierdoktor das Spinnengift beschafft hat?», hakt Vivian nach.

«Bisher nicht! Da bin ich dran, das ist nur noch eine Fleißarbeit im Net!», sagt Jörg und dreht sich um, um an seinen Arbeitsplatz zu stiefeln.

«Irre ich mich, oder hat der uns hier stehen lassen?», fragt Heino in die Runde und eilt kopfschüttelnd in sein Büro.

Vivian, die ihm folgt, kann sich ein Lachen nicht verkneifen.

«So ist unser Jörg! Im Kopf immer einen Schritt voraus! Da kann man seinen Chef durchaus vergessen.»

«Hauptsache da kommt was bei heraus!», knurrt Heino und greift in die Schublade seines Schreibtisches, um sich ein paar Lakritze herauszuklauben.

Er braucht Nervennahrung, da ist Lakritz das Heilmittel.

«Ich denke, wir sind gut beraten, wenn wir diesen Tierdoktor in die Dienststelle beordern! Oder was meinst du?», quetscht Heino zwischen seinen Lakritz Brocken hervor.

«Nimm noch ne Handvoll! Da verstehe ich dich besser!», sagt Vivian Steffens und setzt sich auf die Fensterbank. «Bei der Anhörung wäre ich gern dabei», fügt sie an.

Nachdem sie bei Kriminalkommissar Merkens den Namen erfragt und die Handakte ihres Kollegen durchgearbeitet haben, prägt sich ein Bild des Tierarztes bei ihnen ein.

«Der hat ja beträchtlich was auf dem Kerbholz!», resümiert Vivian das Gelesene.

Heino macht sie darauf aufmerksam, dass der Tierarzt seine Strafen abgesessen und alle geforderten Gelder beglichen hat.

«Von Gesetz wegen ist er legal am Start! Wir hören ihn mit Vorsicht an, ich vermute, dass es dieser Tierarzt faustdick

Die Kuhlengräber, c 2022 Klaus-Dieter Budde

hinter den Ohren hat, sonst hätte er sich da nicht derart souverän herausscharwenzelt.» Vivian nickt, exakt das hat sie gedacht, als sie die Akte las.

«Dann rufe ich diesen Dr. Vet. Schleiche an, malsehen, ob er Zeit für uns hat!», sagt Vivian und schnappt sich das Telefon. Als sie auflegt, vermeldet sie: «Er erscheint heute Abend gegen 18:30 Uhr!»

«Gut, da haben wir ja ein Quäntchen Zeit, lass uns was essen, seit heute Mittag habe ich nichts gegessen.»

Gesagt, getan, mit dem Dienstwagen sind sie rasch in der Stadt. Im Event-Restaurant Rammbock lassen sie sich jeder ein, surf and Turf, servieren, dabei trinken sie ein alkoholfreies Weizenbier. Gesättigt fahren sie zurück in die Dienststelle und erwarten den Tiermediziner.

Dr. Vet. Schleiche steht am Tisch im Vernehmungsraum und wartet auf die Kommissare.

Er kommt daher wie ein Sunnyboy, denkt Vivian, wie sie den Viehdoktor erblickt.

«Dr. Schleiche!», stellt sich der Veterinär mit einem gewinnenden Lächeln vor.

Blondgefärbt mit nach hinten gegeltem Haar fläzte er seinen durchtrainierten Körper auf den zugewiesenen Stuhl. Nachdem Kriminalhauptkommissar Kleinemeier sich und Vivien Steffens vorgestellt hat, eröffnet er die Anhörung mit der Aufnahme der persönlichen Daten. Derweil betrachtet Vivian den Doktor, der sie mit seinen graugrünen Augen wohlwollend studiert. Er hat seinen muskelgestählten Körper in enge Designerjeans und ein körperbetontes enges Shirt von edlem Design gekleidet. Ferner trägt er eine goldene Uhr, eine

Santos du Cartier und eine feingliedrige goldene Halskette mit einem Kreuzanhänger.

Der macht was her, urteilt Vivian und bemerkt im selben Augenblick, dass der Tierarzt sie mit einem wissenden Lächeln betrachtet.

Bloß jetzt nicht rot werden, denkt Vivian und spürt indes, dass es zu spät ist.

Heino schaut von einem zum anderen, er hat den Eindruck, dass ihm niemand zuhört, und räuspert sich.

«Ja Herr Dr. Schleiche, wie Sie ja von unserem Telefonat wissen gehts um eine Kundin von Ihnen. Meike Fröhlich! Nach unseren Erkenntnissen ist sie mit ihren Tieren bei Ihnen in Behandlung.»

«Das ist zutreffend! Ich versorge die Exoten von Frau Fröhlich veterinärmedizinisch. Ich habe keinerlei Vorstellung, wie ich Ihnen helfen kann! Werde es obgleich nach bestem Wissen versuchen», bietet Schleiche seine Hilfe an.

«Haben Sie Meike Fröhlich Spinnengiftkonzentrat beschafft?», versucht es Heino ohne Umschweife.

«Nein! Gewiss nicht! Da Sie mit Sicherheit meine Vorgeschichte kennen, haben Sie möglicherweise Verständnis dafür, das ich mich auf solche Geschäfte nicht mehr einlasse!», antwortet der Tierarzt souverän, ohne das eine besondere Regung an ihm auffällt.

«Da Sie nachfragen, ja Meike Fröhlich wollte solch ein Gift bei mir bestellen! Das ist aber eine ganze Weile her.»

«Was bedeutet eine Weile?», hakt Vivian nach, die sich wieder gefangen hat.

«Circa vor drei Monaten hat sie mich darauf angesprochen. Ich habe ihr klargemacht, dass das illegal ist und das ich solche

Die Kuhlengräber, c 2022 Klaus-Dieter Budde

Bestellungen nicht annehme!», erklärt Dr. Schleiche.

«Sie wissen nicht, ob die Dame sich anderweitig bedient hat?», erfragt Heino.

«Ich bin mir nicht sicher, ich glaube, sie hat später erwähnt, dass sie das Gift hat.»

«Da sind Sie sicher!?», fährt Vivian dazwischen.

«Wie gesagt ich glaube, dass sie das erwähnt hat, beschwören werd ich das nicht! Wenn Sie das meinen.»

«Ok Herr Dr. Schleiche, damit ist unser Gespräch hier beendet, wenn Sie im Laufe der Woche vorbeischauen, um das Protokoll zu unterschreiben, wäre ich Ihnen dankbar», sagt Heino Kleinemeier und begleitet zusammen mit Vivian den Tiermediziner hinaus.

*

Benno Gräber ist auf dem Weg zur Bandprobe. Er hat wieder zwei neue Stücke ausgesucht, die sie heute durchproben. When The Levee Breaks und Dazed And Confused von Led Zeppelin solls sein. Schwer genug für einen Probenabend findet Benno und legt die vorbereiteten Unterlagen aus. Seine Bandkollegen sind bisher nicht eingetroffen.

Benno schaut auf sein Zeiteisen und stellt fest, das er früh dran ist heute. Dr. Siegbert Finderich ist der Erste, der mit seinem Porsche vorfährt. Benno begrüßt ihn per Handschlag und nutzt die Chance, da er mit seinem Freund allein ist.

«Sag einmal Siggi, was hast du da immer mit Hagen zu reden?», fragt er seinen Bandkumpel direkt.

«Ja das kann ich dir sagen, da ich weiß das Hagen mit dir gesprochen hat. Ich habe Hagen vor geraumer Zeit in Hamburg mit einem Herrn in einer Bar angetroffen. Hagen hat mich eindringlich gebeten, nicht mit dir darüber zu sprechen, bevor er es dir nicht gebeichtet hat», erklärt Siegbert Finderich seinem Freund.

«Ach so. Ich dachte, dass es was mit den Proben auf sich hat. Ist in der Tat eigenartig, das die Rechtsmedizin ein konzentriertes Spinnengift analysiert hat und dein Labor nichts feststellt?»

«Geh davon aus, dass die Proben, die du mir gegeben hast, den gleichen Wirkstoff enthalten, wie die Rechtsmedizin ermittelt hat. Ich habe die Röhrchen mit deinen Proben im Auto vergessen und somit sind sie für eine aussagekräftige Analyse nicht mehr zu gebrauchen», entschuldigt Siegbert sich bei seinem Freund.

«Und warum sagst du das nicht gleich!», echauffiert Benno sich und schüttelt den Kopf.

«Weil ich weiß, wie bedeutungsvoll dir das ist, es war mir peinlich, dass ich die Proben im Wagen vergessen habe.»

Damit ist das Thema vom Tisch.

Nach Eintreffen der anderen geben sie sich bis zum frühen Morgen den beiden Musikstücken hin. Gegen vier Uhr sind sie mit dem Ergebnis zufrieden und begeben sich auf den Heimweg.

Wie Benno Gräber auf das Betriebsgelände des Bestattungsinstitutes fährt, kommt ihm sein Bruder Hagen mit einem Mitarbeiter entgegen.

Hagen hält an und öffnete das Seitenfenster.

«Wir fahren in die JVA Bremervörde um einen Leichnam in die Rechtsmedizin nach Ottenbeck zu bringen!», informiert er den Bruder, der arg mitgenommen aussieht.

«Ok! Ich leg mich kurz hin, war eine harte Probennacht!»,

Die Kuhlengräber, c 2022 Klaus-Dieter Budde

krächzt Benno mit seiner durch die Proben enorm mitgenommenen Stimme.

Hagen winkt kurz zustimmend und braust mit dem Leichenwagen davon.

Wo der diese Frische hernimmt, denkt Benno, der weiß, das Hagen auch erst gegen Mitternacht zu Hause war.

*

Das Funktelefon klingelt extensiv. Kriminalhauptkommissar Heino Kleinemeier tastet schlaftrunken nach dem Endgerät. Als er es zum guten Schluss ertastet hat, meldet er sich mit brüchiger Stimme. Dabei hat er den Schlafmodus noch nicht verlassen, denn die Augen sind verschlossen. Wie der Anrufer seine Meldung abgegeben hat, ist Heino hellwach!

Das gibt es nicht! Bewertet er und wählt die Nummer seiner Kollegin Vivian Steffens.

«Moin Vivian, ich bin in einer Viertelstunde bei dir und hole dich ab!»

«Was ist passiert?»

«Meike Fröhlich hat sich in der JVA Bremervörde das Leben genommen! Wir fahren dort gleich hin, um Näheres zu erfahren!», erklärt Heino ihr.

«Wieso ist die in Bremervörde?»

«Ich weiß es nicht! Das sehen wir dort.»

Heino, der sich während des Telefonats angekleidet hat, macht sich im Bad kurz frisch. Wenig später verlässt mit einer Banane in der Hand das Haus. Ein paar Minuten später fährt er bei Vivian vor, die mit zwei Kaffeebechern vor dem Haus steht.

«Moin, ich denke, den Kaffee kannste gebrauchen», sagt sie

Die Kuhlengräber, c 2022 Klaus-Dieter Budde

und reicht Heino Kleinemeier den Wachmacher.

«Danke», sagt Heino und schlürft vom Kaffee, der arg heiß ist.

«Was war da los?», fragt Vivian ihren Chef.

«Ich weiß es nicht! Warum die Fröhlich nicht hier in Stade untergebracht war, wie das bei U-Haft üblich ist. Keine Ahnung! Wir werden es hoffentlich gleich erfahren!», sagt Heino und fährt auf die B74 in Richtung nach Bremervörde.

«Wer hat dich denn angerufen?»

«Grit Birkenfels von der Rechtsmedizin. Sie meint, es könnte uns interessieren, da sie weiß, dass die Fröhlich in unseren Fall involviert ist.»

«Das ist sehr aufmerksam. Wenn dort ein anderer Rechtsmediziner am Werk gewesen wäre, hätten wir das sicher erst spät erfahren. Wo ist die Fröhlich jetzt?»

«Ich denke in der Rechtsmedizin, oder auf dem Weg dorthin.»

Heino Kleinemeier ist froh, dass er solche Leute wie Doktor Birkenfels in seinem Team hat, auf sie ist Verlass, das bestätigt sich immer wieder.

Bei ihrer Ankunft werden sie zunächst ins Büro des Leiters der Justizvollzugsanstalt geführt. Der begrüßt sie freundlich und bietet Kaffee an, den die beiden Kriminalen dankend ablehnen.

«Warum ist Meike Fröhlich hier in Bremervörde untergebracht und nicht wie üblich bei Untersuchungshäftlingen in Stade?», fragt Heino Kleinemeier, dem diese Frage die ganze Herfahrt auf den Nägeln brannte.

«In Stade haben sie einen Wasserrohrbruch im Zellentrakt und da hat man uns um Amtshilfe angefragt. Bevor Sie fragen, die Gefangene wurde stündlich überprüft, wie das in der U-Haft üblich ist! Aus diesem Grund haben wir den Suizid ja früh

Die Kuhlengräber, c 2022 Klaus-Dieter Budde

entdeckt. Der Vollzugsbeamte hat noch versucht, die Gefangene wiederzubeleben, zugegeben ohne Erfolg.»

Der Leiter der JVA war geknickt, einen Suizid hat man nicht gerne in seiner Haftanstalt. Er überreicht dem Kriminalhauptkommissar ein braunes Kuvert, auf dem in großen Druckbuchstaben, KHK KLEINEMEIER steht.

«Was ist das?», fragt Heino nach.

«Den Umschlag haben wir in der Zelle sichergestellt, er lag auf dem Tisch! Ich denke, der ist für Sie», berichtet der Leiter der JVA.

Heino öffnet das Kuvert und findet ein zweiseitiges Geständnis von Meike Fröhlich. Darin gesteht sie die Manipulation der Bremsanlage am Jaguar und schildert ihre Beweggründe zur Tat. Den Mord an Bertram Fröhlich streitet sie vehement ab. Heino gibt Vivian den Brief und wartet ihre Meinung ab, bevor er sich äußert.

«Ich denke, das ist glaubwürdig! Es hat nur einen Haken, wir suchen ab sofort einen neuen Täter, der Bertram Fröhlich getötet hat!», sagt Vivian nach dem Durchlesen des Geständnisses.

«Das sehe ich genauso! Warum sollte sie den einen Mord gestehen und den anderen nicht, das macht keinen Sinn.»

«Lass uns zurück in die Dienststelle fahren und abermals jeden Stein umdrehen, unter Umständen fällt uns was auf, was wir zuvor übersehen haben», sagt Heino Kleinemeier.

Die Enttäuschung ist ihm anzusehen, wie er sich vom Leiter der JVA verabschiedet. Sie schauen sich anschließend den Ort in der Zelle an, an dem sich Meike Fröhlich getötet hat.

«Sie hat sich sitzend am Bettgestell erhängt! Ein langer Grausamer tot!», schildert Dr. Grit Birkenfels, die extra auf die

Die Kuhlengräber, c 2022 Klaus-Dieter Budde

Ermittler gewartet hat.

Heino Kleinemeier und Vivian Steffens bedankten sich bei der Rechtsmedizinerin und verlassen die Justizvollzugsanstalt in Richtung nach Stade. Unterwegs benachrichtigt Heino sein Team, das mittlerweile den Dienst angetreten hat. Er ordnet eine Dienstbesprechung an.

Vivian Steffens setzt Staatsanwalt Zipperlein in Kenntnis und bittet ihn, an der Besprechung teilzunehmen.

*

Als Hagen Gräber den Leichnam in der JVA Bremervörde übernimmt, ahnt er nicht, wer die Tote ist.

Die Rechtsmedizinerin begleitet Hagen und seinen Helfer bis in die Zelle. Wie Hagen sich routiniert herunterbeugt, erschrickt er zunächst.

«Die kenn ich!», sagt er verschreckt zu Dr. Birkenfels.

«Ja das denke ich mir, Sie haben schon so einige Leichen aus ihrer Familie transportiert in der letzten Zeit!», beruhigt die Rechtsmedizinerin den Bestatter.

Hagen Gräber erinnert sich: «Das ist doch die, die auf der Beisetzungsfeier ihres Schwagers solch einen Aufstand gemacht hat. Sachen gibts!» Da es nicht sein Auftrag ist, über die Toten zu urteilen, macht er sich mit seinem Helfer daran, die Leiche in einen Leichensack einzutüten.

Sie packen die Tote anschließend in einen Transportsarg und verlassen die JVA in Richtung nach Stade Ottenbeck in die Rechtsmedizin.

Zwei Stunden später fährt Hagen wieder auf das Betriebsgelände des Bestattungsinstituts.

Die Kuhlengräber, c 2022 Klaus-Dieter Budde

Hoffentlich hat Benno Frühstück fertig,denkt Hagen. Er hat einen Mordshunger.

Kapitel 10

Wolfgang Fröhlich ist fix und fertig, wie er vom Suizid seiner Ehefrau hört. Heino Kleinemeier ist mit Jörg Merkens zu ihm gefahren, um ihm die Nachricht persönlich zu überbringen.

«Hatten Sie je eine Ahnung das Ihre Frau Meike, was mit dem Tod von Gonda Fröhlich zu tun hat?»

«Ich hatte einen Verdacht, Meike hat es vehement verneint, nachdem ich sie darauf angesprochen habe.»

«Da Sie der einzig verbleibende Fröhlich sind, haben wir Fragen, wie Sie sich sicher vorstellen können», schildert Heino die Situation der Ermittler und bittet Wolfgang Fröhlich, ihnen bei der erneuten Fallanalyse zu helfen.

«Ja sicher bin ich dafür bereit! Wenn es der Sache dient, die Morde aufzuklären!», sagt Wolfgang Fröhlich.

Jörg schaut seinen Chef erstaunt an, denn es ist nicht üblich, Personen außerhalb des Ermittlerkreises an der Fallanalyse zu beteiligen.

«Gut, da schauen Sie morgen gegen zehn Uhr vorbei!», sagt Heino erfreut über die Zusage.

«Meinst du, dass das gut ist?», fragt Jörg Merkens beim Hinausgehen.

«Wenn man nicht weiterkommt, muss man manchmal die festgefahrenen Wege verlassen, um voranzukommen. Wie du weißt, sind wir ermittlungstechnisch in einer Sackgasse, haben aber den Mord an Bertram Fröhlich aufzuklären! Da bedarf es Intuition und Sachverstand, aber auch unkonventionelles Handeln! Das ist eine Sache, die im Studium nicht gelehrt wird. Es ist das Leben, das diesen Weg aufzeigt!», antwortet Kriminalhauptkommissar Heino Kleinemeier und klopft seinem

Die Kuhlengräber, c 2022 Klaus-Dieter Budde

jüngeren Kollegen ermutigend auf die Schulter.
«Da bin ich gespannt, ob wir da einen neuen Ansatz finden. Du hast recht, wie es im Moment läuft, kommen wir nicht weiter! Wir drehen uns im Kreis», sagt Jörg.
Sie steigen in ihren Dienstwagen, um zur Dienststelle zu fahren.

*

Hagen und Benno Fröhlich sitzen beim gemeinsamen Frühstück und planen ihren Tag.
«Was war das in Bremervörde?», fragt Benno nebenbei seinen Bruder, der dabei ist sich ein Körnerbrötchen mit veganem Brotaufstrich zu bestreichen.
«Ja das war merkwürdig, ich kannte die Tote. Das war diese Frau Fröhlich, die sich auf der Beerdigungsfeier so aufgeregt hat.»
Benno schaut entsetzt auf: «Meike Fröhlich, die Schwägerin der Toten!?»
«Ja die war das! Sie hat sich im Vollzug das Leben genommen, wie es aussieht. Ich wusste gar nicht, dass die im Gefängnis saß», schildert Hagen sein Halbwissen.
«Und die ist gegenwärtig in der Rechtsmedizin in Ottenbeck?», hakt Benno Gräber nach.
«Ja dort habe ich sie hingekarrt.» Benno schüttelt den Kopf, «Sachen gibts, die glaubt man nicht!»
Hagen, dem das große Interesse seines Bruders an der Leichenfuhre aufgefallen ist, beobachtet mit Unbehagen die Bangigkeit bei Benno. *Was hat das wieder zu bedeuten?* Denkt er und beißt in sein Körnerbrötchen. Nach einem eher wortkargen Frühstück begeben sie sich an ihr Tagwerk.

Hagen bereitet einen Leichnam für die Balsamierung vor und Benno kümmert sich um die Vorbereitung eines Abschiedsraumes im Trauerhaus. Heute Nachmittag wollen Freunde und Arbeitskollegen von dem verstorbenen Abschiednehmen, bevor der Sarg in die Heimat des Toten überführt wird. Es war der Wunsch des dahingegangen, dass seine Freunde sich von ihm verabschieden können. Zu einem späteren Zeitpunkt soll Benno den Sarg nach Fuhlsbüttel zum Helmut-Schmidt-Airport fahren, um die Überführung in die USA in die Wege zu leiten. Leider ist es ein Transport ohne Begleitung. Benno wäre gern mit in die Staaten geflogen. Hagen Gräber hat währenddessen die Körperflüssigkeiten entfernt und macht sich an das zuführen der Ersatzfüllung. Mit altertümlicher Mumifizierung hat die Einbalsamierung von heute nichts gemein. Sie ist nicht auf den dauerhaften Erhalt ausgelegt, sondern umfasst die kurzzeitige Konservierung des Leichnams. Eine Einbalsamierung, von heute beinhaltet die zeitlich begrenzte Verzögerung des Zersetzungsprozesses, um die ästhetischen Charakteristika des Verstorbenen kurzfristig zu erhalten. Man bezeichnet es neudeutsch als Modern Embalming.

Hagen hat vor Jahren für die Tätigkeit als Thanatopraktiker, so nennt man die Einbalsamierer, eine berufsbegleitende Weiterbildung im schönen Bayern absolviert! Die Qualifizierung umfasste über 200 Stunden, die in mehreren Präsenzseminaren durchgeführt wurden. Hinzu kam ein vierwöchiges Vollzeit-Praktikum, bei einem erfahrenen Thanatopraktiker. Die Lehrinhalte waren u.a. Anatomie, Pathologie, Physiologie, Einbalsamierungschemie sowie Kosmetik und Restauration.

Die Kuhlengräber, c 2022 Klaus-Dieter Budde

Hagen legte seine Prüfung im fernen Wiesbaden vor der Handwerkskammer ab und führt seitdem den Zusatz, geprüfter Thanatopraktiker, zu seiner Berufsbezeichnung Bestatter.

Benno hat ein Jahr nach Hagen die Ausbildung absolviert. Sie sind gut gerüstet für den harten Kampf auf dem Bestatter Markt.

Leider ist diese Kunst nicht mehr oft gewünscht, denkt Hagen. Seitdem das verbrennen der Toten immer mehr in Mode kommt, wird die Einbalsamierung nur noch bei Offensargbestattungen und Überführungen gefordert.

Benno Gräber der seine Arbeit beendet hat, unterstützt seinen Bruder beim Finish des Einbalsamierten und nimmt kosmetische Korrekturen am Leichnam vor.

«Das ging dir nahe heute Morgen, wie du das von der Fröhlich gehört hast! Willst du darüber sprechen?», sagt Hagen wie beiläufig zu seinem Bruder.

«Nee mag ich nicht! Hab mich ja nur gewundert», antwortet Benno wortkarg.

«Ach? Ich dachte, dass es dir nahe geht!», tut Hagen erleichtert, glaubt seinem Bruder jedoch kein Wort.

Gemeinsam schieben sie den Sarg in das Trauerhaus und baren den Toten im Abschiedsraum auf.

Benno hat sich alle Mühe gegeben und den Raum wunderschön ausgestattet, findet Hagen.

*

Am nächsten Morgen findet im Polizeigebäude die Fallanalyse statt. Außer dem Staatsanwalt und Dr. Birkenfels sind alle anwesend. Wolfgang Fröhlich ist pünktlich und sitzt mittenmang der Ermittler und wartet auf den Beginn. Kriminalhauptkommissar Heino Kleinemeier steht wartend vor dem Whiteboard. Vivian Steffens will soeben aufstehen, um den beiden hinterherzutelefonieren, da wird die Tür aufgestoßen und Gunnar Zipperlein und die Rechtsmedizinerin treten ein. Nachdem sich beide gesetzt haben, beginnt Heino mit dem Aufdröseln der zu lösenden Morde.

Ab und an ergänzt Grit Birkenfels mit gerichtsmedizinischen Erkenntnissen. Wolfgang Fröhlich beugt sich interessiert vor und verfolgt den Vortrag. Wie Heino Kleinemeier die Liste der beteiligten Personen vorzeigt, meldet er sich: «Warum sind dort die beiden Bestatter aufgeführt?»

«Hier sind alle Beteiligten aufgelistet, ohne Wertung! Das ist, damit wir den Überblick behalten!», antwortet der Staatsanwalt anstelle von Heino Kleinemeier.

«Ah ok, danke!» Wolfgang Fröhlich, der gedacht hatte, dass die beiden Gräber-Brüder verdächtigt sind.

Er ist zum gegenwärtigen Zeitpunkt beruhigt und folgt weiter den Ausführungen des Kriminalhauptkommissars. Drei Stunden sitzen sie beisammen und diskutieren den Fall rauf und runter. Einen neuen Ansatz finden sie nicht.

Wolfgang Fröhlich, der durch die Teilnahme einen Einblick in die Ermittlungsarbeit der Polizei erhalten hat, ist beeindruckt, ob der Professionalität den die Ermittler an den Tag legen. *Da kommt niemand davon! Selbst wenn die Tat noch so ausgeklügelt ist,* denkt Wolfgang Fröhlich und macht sich auf den Heimweg. Am Abend telefoniert er mit Hagen Gräber und schildert ihm seine Eindrücke.

Die Kuhlengräber, c 2022 Klaus-Dieter Budde

*

Am nächsten Tag um die Mittagsstunde herum. Heino und Manuel Pieper brüten über den Ermittlungsakten, da klingelt das Telefon.

«Kriminalhauptkommissar Kleinemeier, was kann ich für Sie tun?», meldet sich der Leiter der Mordkommission.

«Hier ist Mareike Schönsen, ich möchte eine Beobachtung melden.»

«Frau Schönsen, Sie sind hier bei der Mordkommission! Anzeigen müssen Sie an anderer Stelle tätigen!», sagt Heino genervt.

Es passiert immer wieder das die vermittelnden Beamte, die Anrufer nicht zuordnen können und sie einfach in das Orbit stellen. So nach dem Motto, irgendjemand wird sich kümmern.

«Sie bearbeiten doch diesen Giftmord mit dem Spinnengift?», fragt die Anruferin eingeschüchtert. Heino wird hellhörig.

«Ja den Fall bearbeiten wir! Haben Sie zu diesem Sachverhalt eine Beobachtung gemacht?», fragt er freundlich gestimmt nach.

«Ja das habe ich! Sie müssen wissen, ich arbeite in einem Institut für medizinische Labordiagnostik in Hamburg.»

«Und dort ist Ihnen was aufgefallen?», wird Heino ungeduldig.

«Ja wir haben eine private Probe bekommen, die wir zunächst, da wir dachten, der Spurenträger sei verdorben, nicht berücksichtigt haben. Ich habe es gestern dennoch in einer ruhigen Stunde versucht und bin auf einen außergewöhnlichen Stoff gestoßen. Zusätzlich zu dem Ihnen bekannten Gift der Trichterspinne habe ich eine Substanz perzipiert, mit der das Giftkonzentrat gelöst wurde.»

«Das das Konzentrat gelöst werden muss, bevor es injiziert wird, ist uns bekannt!», erklärt Heino und ist drauf und dran das Gespräch zu beenden.

«Ja im Regelfall nimmt man hierbei bekannte Substanzen, in diesem Fall wurde geradewegs ein markantes Lösungsmittel benutzt, welches von Thanatopraktikern angewandt wird! Schauen Sie sich unter diesen Leuten um, mit hoher Wahrscheinlichkeit finden Sie dort Ihren Täter!», erklärt Mareike Schönsen.

Heino ist interessiert an der Idee, und bittet Frau Schönsen für den folgenden Tag in die Dienststelle nach Stade zu kommen, um die Details zu besprechen.

«Sie müssen mir helfen, wo finde ich denn diese Thanatopraktiker? Ich habe keinen Schimmer, was die arbeiten.»

«Thanatopraktiker schaffen bei Bestattern, sie sind für die Einbalsamierungen zuständig!», erklärt Frau Schönsen.

Die Kuhlengräber, c 2022 Klaus-Dieter Budde

Kapitel 11

Heino Kleinemeier hat das Gespräch erst einmal für sich behalten. Er grübelt den ganzen Nachmittag, ob es zu beanstanden ist das, Wolfgang Fröhlich an der Fallanalyse teilgenommen hat. Nun, da er weiß, dass das Lösungsmittel von Bestattern benutzt wird, erschient der Fall in einem anderen Licht.

Heino beschließt, zunächst mit Vivian Steffens, seiner erfahrenen Kollegin zu sprechen, bevor er irgendetwas initiiert.

Er telefoniert mit seiner Kollegin, die am heutigen Tag an einer Weiterbildungsmaßnahme teilnimmt. Er verabredet sich mit ihr am Abend in der Dienststelle, um die Begegnung mit Mareike Schönsen vorzubereiten.

Dr. Grit Birkenfels die Rechtsmedizinerin bittet er dabei. Was diese mit großem Interesse zusagt.

«Das bleibt bitte im kleinen Kreis!», bittet Heino Kleinemeier die Medizinerin.

«Geht klar!», sagt sie und legt spannungsgeladen auf.

Das muss eine gute Laborantin sein, die nach dem Lösungsmittel sucht, denkt Grit.

Am Abend sitzen sie zusammen und sprechen über den neuen Aspekt, den Mareike Schönsen angestoßen hat.

«Was für ein Interesse können, die Bestatter am Tod von Bertram Fröhlich haben?», stellt Kriminaloberkommissarin Vivian Steffens die Frage, die es zu beantworten gilt.

«Wir müssen überprüfen ob es vor dem Bestattungsauftrag Kontakt zwischen den Gräberbrüdern und der Familie Fröhlich

gab!», sagt Heino und macht sich insgeheim Vorwürfe, das sie das nicht schon überprüft haben. Dementgegen ist es abwegig, ohne Begründung die Kuhlengräber zu überprüfen. «Da lag ich mit meinem Hinweis, die Bestatter mit aufzuschreiben, ja nicht verkehrt!», merkt Dr. Birkenfels an und schaut triumphierend in die Runde.
«Du bist die Beste!», lacht Vivian, die weiß, das die Rechtsmedizinerin versucht, die verfahrene Situation aufzulockern.

Dr. Birkenfels berichtet, dass sie dem Labor, welches ihre Proben ausgewertet hat, einen Ergänzungsauftrag hinsichtlich der Lösungssubstanzen per Mail gesandt hat, um das Ergebnis von Mareike Schönsen abzusichern.
«Ok, dann haben wir, denke ich alles soweit vorbereitet. Morgenfrüh nehmen wir Jörg und Manuel mit in die Besprechung!», entscheidet Heino Kleinemeier. «Ferner informiere ich heute Abend den Staatsanwalt und überlasse es ihm, ob er dazustößt.»
Die beiden Damen schauen sich an und verdrehten die Augen. Auf die Teilnahme des Staatsanwaltes können sie gerne verzichten. Heino, der die Augenverdrehungen bemerkt hat, sagt: «Nützt ja nichts!»

Spät in der Nacht fahren sie nach Hause.

*

In der gleichen Nacht erreicht Benno Fröhlich ein verhängnisvoller Anruf. Dr. Siegbert Finderich ruft spät in der Nacht an und berichtet, dass Mareike seine Labormaus, die verdorbenen Proben von Bertram Fröhlich untersucht hat.

Siggi berichtet, dass er dahin gehende Untersuchungsergebnisse gesehen hat.

«Was sie damit gemacht hat oder vorhat, kann ich nicht sagen. Ich denke, dass sie die Proben zum Üben beprobt hat! Wenn ein Muster verdorben ist, packt einen der Ehrgeiz und man versucht, eine Analyse hinzubekommen. Wie du vermutet hast, war in der Probe ein Spinnengift der Trichterspinne.»

«Was hast du mit den Unterlagen der Untersuchung gemacht?», hakt Benno nach.

«Nichts! Das ist die Auswertung meiner Labormaus, den Erfolg soll sie abheften, das ist ihre Sache.»

«Ach ja, ok und warum hast du mich mitten in der Nacht angerufen?»

«Oh! Ist es schon so spät? Ich habe das soeben gesehen und dachte das dich das Ergebnis interessiert, abgesehen davon hattest du mich darum gebeten!», antwortet Dr. Finderich und ist erstaunt ob des unwirschen Verhaltens seines Freundes.

«Ja Danke für deinen Anruf», sagt Benno und beendet das Gespräch.

Er sitzt aufrecht im Bett und sein Herz rast. Muss er sich Gedanken machen? Nein, entscheidet er und legt sich wieder hin. Von Einschlafen kann keine Rede mehr sein, wilde Szenarien schwirren in seinem Kopf herum.

Hat er am Ende was übersehen?

*

Dr. Siegbert Finderich sitzt an seinem Schreibtisch und denkt über das Telefonat nach: *Was ist mit Benno los, er war so komisch angefasst, als er mit ihm telefonierte. Hat er was mit dem Tod von Bertram Fröhlich zu tun?* Dr. Finderich nimmt sich vor, am Morgen mit seiner Laborassistentin zu sprechen, um mehr zu erfahren.

*

Am Morgen treffen die Ermittler nacheinander auf der Dienststelle ein. Kriminalkommissar Jörg Merkens ist der erste und hat Kaffee aufgesetzt.

«Moin Jörg! Heute Morgen ist gleich eine Besprechung, da brauchen wir mehr Kaffee!», sagt Vivian Steffens, als sie das Großraumbüro betritt.

Sie nimmt Jörg die gläserne Kaffeekanne ab und schüttet den Inhalt in eine Thermoskanne. Jörg macht währenddessen die Maschine für den zweiten Durchlauf klar.

«Wieder ein Meeting? Meint Heino das, dass was bringt? Die letzten Besprechungen haben uns nicht weitergebracht!», mault Jörg, der wieder an seinen Computer will.

«Lasst euch überraschen!», sagt Kriminaloberkommissarin Steffens zu Jörg und Manuel Pieper, der dazugestoßen ist.

Zehn Minuten später haben sich Dr. Grit Birkenfels und der Staatsanwalt dazugesellt. Zu fünft stehen sie, jeder mit einem Becher Kaffee versorgt, in lockerer Runde in der Kaffeeecke.

«Moin!», ruft Heino Kleinemeier fröhlich in die Runde, wie er hereinkommt.

Ihm folgen ein dürrer Mittfünfziger und eine junge Frau mit hinreißender Figur, wie Manuel findet.

«Darf ich vorstellen: Dr. Siegbert Finderich, Inhaber eines Instituts für medizinische Labordiagnostik und seine Laborassistentin Mareike Schönsen.»

Die Kuhlengräber, c 2022 Klaus-Dieter Budde

Während die Laborantin jedem der Ermittler die Hand gibt, quetscht der Doktor bloß ein müdes: «Moin», zwischen den Zähnen hervor.

Wie unsympathisch, denkt Vivian und begleitet die Truppe in den Besprechungsraum. Heino Kleinemeier erklärt den Kollegen, den Anlass der Zusammenkunft. Danach ergreift überraschend Dr. Finderich das Wort und erklärt, warum er mit zur Dienststelle gekommen ist.

Nachdem das geklärt war, tritt Mareike Schönsen an das Whiteboard und skizziert in groben Zügen, bei alldem verständlich ihr Laborergebnis ans Board.

«Ich habe, nachdem klar war, das es sich bei der Stärke des Giftes um ein Konzentrat handelt, nach dem Lösungsmittel gesucht, was man zur Verflüssigung des Extraktes benötigt. Dabei ist mir eine Mischung aus Alkohol, Formalin und Lanolin aufgefallen! Die Zusammensetzung führte zu einem Mittel für Thanatopraktiker. Es wird für die Einbalsamierung von Verstorbenen benutzt. Dem sogenannten: Modern Embalming.»

«Was bitte sind Thanatopraktiker?», will Jörg Merkens wissen.

«Das sind speziell ausgebildete Leichenbestatter!», gibt Mareike bereitwillig Auskunft.

Dr. Finderich berichtet von seinem Gespräch mit Benno Gräber in der Nacht und dessen komischer Reaktion, wie er es nennt.

«Kannten sich Benno Gräber und Bertram Fröhlich? Haben Sie da was mitbekommen?», fragt Manuel Pieper.

«Nein das glaube ich nicht. Den Hagen Gräber habe ich einmal in Hamburg mit Wolfgang Fröhlich gesehen. Wenn Sie verstehen, was ich meine», sagt Dr. Finderich.

Die Kuhlengräber, c 2022 Klaus-Dieter Budde

«Nee checke ich nicht?» Steht Jörg Merkens auf der Leitung.
«Jörg, wenn ich es korrekt interpretiere, spricht Dr. Finderich von einer homosexuellen Begegnung», versucht sich Heino in einer Erklärung.
«Stimmt genau! Das wollte ich damit zum Ausdruck bringen», bestätigt der Labormediziner.
«Ich denke über die Zusammenhänge der neuen Erkenntnisse, sprechen wir im Anschluss dieses Meetings!», sagt Kriminalhauptkommissar Kleinemeier, bevor seine Ermittler in die Diskussion einsteigen.
Dr. Grit Birkenfels zieht sich mit dem Doktor und seiner Assistentin in einen Nebenraum zurück, um Details der Analyse zu besprechen. Zuvor verabschiedet Heino die beiden und bedankt sich für deren Weitsicht in der Sache. Andere hätten da nicht den Kontakt zu Polizei gesucht.
Staatsanwalt Zipperlein klatscht in die Hände: «Macht was draus, ich will Ergebnisse sehen!», sagt er und verlässt grinsend den Besprechungsraum.
«Kein Kommentar!», äußert sich Heino genervt und macht sich mit seinem Team daran das Erfahrene zu analysieren, um es in die Ermittlungsarbeit einzuarbeiten.

«Du kümmerst dich um Wolfgang Fröhlich!», legt Heino im Anschluss fest und sieht Manuel dabei an.
«Ich will alles wissen! Ob er homosexuell ist und mit wem er privat verkehrt, vor allem interessiert mich seine Verbindung zu den Bestattern!», macht er deutlich.
«Jörg, du machst dich auf den Weg nach Hamburg! Mach dich schlau in dem Lokal, das dieser Finderich angemerkt hat! Check die Kontakte des Hagen Gräber, mit wem, wie oft, usw.

Die Kuhlengräber, c 2022 Klaus-Dieter Budde

Ich denke, du weißt, was ich meine.»

Heino wendet sich Vivian zu. «Vivian, wir beide checken Benno Gräber und seinen Kontakt zu Bertram und Gonda Fröhlich!», sagt es und nimmt sein Jackett von der Stuhllehne. «Was ist? Auf gehts!», ruft er und kann sich so gerade ein Indiehändeklatschen verkneifen.

Seine Teamkollegen tun es ihm nach und begeben sich an die Arbeit.

*

Benno Gräber kommt schlecht gelaunt zur Arbeit. Hagen, der das sofort bemerkt, vermeidet es, Benno auf seine Laune anzusprechen, da er weiß, dass dieser sehr ungemütlich werden kann. Schweigsam gehen sie ihrer Arbeit nach.

Hagen säubert einen Leichnam, der bei einem Verkehrsunfall verschmutzt wurde. Währenddessen bereitet Benno Gräber eine sterbliche Hülle final für die Beisetzung vor.

Am Vormittag fahren sie gemeinsam mit dem Leichenwagen zur Friedhofskapelle nach Neukloster, um die Beisetzung vorzubereiten. Immer noch schweigt Benno vor sich hin.

Hagen, dem das mittlerweile arg auf die Nerven geht, spricht Benno in der Kapelle auf die Sprachlosigkeit an.

«Was ist los mit dir? Welche Laus ist dir in der Nacht über die Leber gelaufen?»

«Ach lass mich einfach zufrieden! Ich muss nachdenken», antwortet Benno unwirsch.

Hagen belässt es dabei, er will den Bruder nicht unnötig reizen. Schweigsam begleiten sie die Beerdigung und verlassen, nachdem sie den Grabschmuck auf die Grabstätte drapiert haben, den Friedhof in Neukloster.

«Nach Hause? Oder gehen wir was essen?», fragt Hagen
seinen wortkargen Bruder.

«Was essen!», raunzt Benno und deutet auf den Imbiss am
Neukloster Marktplatz.

Hagen lenkt den Wagen neben einen Lkw auf dem großen
Parkplatz und gemeinsam betreten sie das Schnellrestaurant.
Hier gibt es ein reichhaltiges Angebot an Speisen, der Inhaber
hat sich auf die Verköstigung der Trucker spezialisiert und
einen guten Ruf in der Branche.

Benno bestellt ein Schnitzel Holsteiner Art mit Pommes,
während Hagen sich für den großen Salatteller entscheidet.
Schweigsam verzehren, sie ihr Gericht. Beim abschließenden
Kaffee findet Benno die Sprache wieder und geht mit Hagen
den nächsten Arbeitstag durch. Wie alles besprochen ist, sagt
er zu seinem Bruder: «Wenn ich ausfalle, kannst du dann das
Geschäft ohne fremde Hilfe weiterführen?»

«Klar geht das! Warum fragst du mich das, willst du in den
Urlaub fahren, oder bist du erkrankt?», fragt Hagen besorgt.

«Nee, das war rein rhetorisch, fiel mir grade so ein»,
versichert Benno.

Hagen sieht ihn an: «Was ist Bruderherz? Da bedrückt dich
was, ich kenn dich, du verschweigst mir was!»

«Quatsch war nur eine Frage», tut Benno es ab.

Hagen glaubt ihm kein Wort, irgendetwas ist passiert, das
seinen Bruder beunruhigt.

Zurück im Beerdigungsinstitut sind sie vorerst beschäftigt und
finden nicht die Zeit, um sich weiter mit der Sache zu
befassen. Gegen vierzehn Uhr fährt ein Wagen auf den
Kundenparkplatz. Benno und Hagen sitzen mit ihren
Mitarbeitern bei einer Tasse Kaffee und besprechen die

Die Kuhlengräber, c 2022 Klaus-Dieter Budde

anstehenden Arbeiten.

«Wer ist das denn?», fragt Benno und macht sich auf, um das Besucherpaar an der Tür zu empfangen.

«Polizei!», sagt Hagen, der die beiden Kripobeamte erkannt hat.

«Moin! Kommen Sie herein», bittet Benno das Polizeiduo hinein, das er nun auch erkannt hat.

«Moin, moin!», erwidert Vivian Steffens den Gruß und betritt mit Heino den Ausstellungs- und Empfangsraum der Bestatter.

«Wir möchten Sie zum Tod von Bertram Fröhlich befragen. Sie haben uns derzeit informiert das, was mit der Todesursache nicht stimmt!», beginnt Kriminalhauptkommissar Heino Kleinemeier das Gespräch.

«Ja das ist zutreffend!»

«Wir haben durch Zufall erfahren, das Sie nachrangig eine Probe der Körperflüssigkeiten an ein Labor zwecks Untersuchung gesandt haben. Ist das korrekt?»

«Ja das ist zutreffend!», bestätigt Benno Gräber die Aussage. Benno ist nervös, er weiß nicht, in welche Richtung die Befragung geht. Er nimmt sich vor, auf der Hut zu sein.

«Kannten Sie Bertram Fröhlich, bevor er bei Ihnen auf dem Tisch lag?», fragt Heino direkt und beobachtet Benno Gräber intensiv als dieser antwortet.

«Nein! Den Fröhlich kannte ich zuvor nicht!»

Die Antwort kommt zu schnell, Benno wendet rasch den Blick ab und schaut zu seinem Bruder, der das Gespräch wortlos verfolgt. Heino schaut auf Vivian und nickt ihr unmerklich zu. Vivian zeigt ihm mit einem Augenzwinkern, das sie verstanden hat, und schießt die nächste Frage ab.

«Und wie sieht es mit Gonda Fröhlich aus, kannten Sie die

Die Kuhlengräber, c 2022 Klaus-Dieter Budde

auch nicht zuvor!?»

Benno wird unruhig und rutscht auf seinem Sessel hin und her.

«Es ist denkbar, das ich sie gesehen habe. Gekannt habe ich sie nicht!», beantwortet er Vivians Frage.

Heino nutzt die Verunsicherung.

«Herr Gräber haben Sie was mit dem Tod von Bertram oder Gonda Fröhlich zu schaffen? Wenn nicht, erklären Sie uns plausibel, warum Sie diese Proben auswerten ließen.»

Benno Gräber erklärt, dass er solche Untersuchungen oft veranlasst hat, wenn er den Verdacht hatte, dass mit der Todesart was nicht stimmt.

«Wir werden das überprüfen!», sagt Heino und nun zu Ihnen wendet er sich an Hagen Gräber den Bruder.

«Ihnen war Bertram Fröhlich oder seine Frau Gonda vermutlich auch nicht bekannt?»

«Nein! Definitiv nicht! Sonst hätte ich es Ihnen damals gesagt, als Sie mit Ihrer Truppe hier waren. Was soll diese Fragerei? Sind wir verdächtigt, oder stochern Sie hier nur herum, weil Sie nicht weiterkommen bei Ihren Ermittlungen!»

Hagen Gräber ist sichtlich ärgerlich ob der Befragung.

«Wenn Sie was Konkretes vorbringen können, lassen Sie es uns wissen! Bis dahin möchte ich Sie bitten, uns in diesen Räumlichkeiten nicht mehr zu behelligen!», stellt er sich vor seinen Bruder.

«Beim nächsten Mal sollten Sie den Anstand haben, uns nicht vor unseren Angestellten zu vernehmen. Das ist schlechter Stil!», sagt es und verlässt den Raum in Richtung Arbeitsräume.

Seine Mitarbeiter folgen ihm.

Heino Kleinemeier und Vivian Steffens stehen im Foyer mit

Die Kuhlengräber, c 2022 Klaus-Dieter Budde

Benno Gräber und schauen sich betroffen an. Mit einer derartigen Reaktion, des eher introvertierten Hagen Gräber haben sie nicht gerechnet.

«Wenn Sie und Ihr Bruder morgen gegen zehn Uhr bei der Dienststelle in der Teichstraße zur erkennungsdienstlichen Erfassung vorbeikommen können!», sagt Heino Kleinemeier zu Benno Gräber und verlässt mit Vivian grußlos das Bestattungsinstitut. Benno Gräber dem die Überraschung im Gesicht steht, nickt kurz und folgt seinem Bruder in die Arbeitsräume.

«Was war denn das?» Kriminaloberkommissarin Steffens schaut den Leiter der Mordkommission fragend an.

«Da sind wir zu forsch vorgegangen! Der Hagen ist ordentlich vergrellt! Und mit seinen Angestellten hat er recht, das hätten wir beachten müssen.»

Zerknirscht ob des Ergebnisses Ihrer Anhörung fahren sie schweigsam in die Dienststelle.

*

Kriminalkommissar Jörg Merkens ist da erfolgreicher. Er hat in einer Bar an der Elbchaussee, einiges über Wolfgang Fröhlich und Hagen Gräber erfahren. Zufällig begegnet er einem Trainingspartner aus der Tanztruppe der beiden. Dieser hat Sabbelwasser getrunken, wie man in Hamburg sagt. Er berichtet davon, dass die beiden ein Verhältnis haben und das in der Tanztruppe vergeblich verheimlichen.

«Obwohl jeder Kenntnis davon hat!», flüstert der Berichterstatter der Tänzer verstohlen hinter der Hand.

«Haben Sie die Gemahlin von Herrn Fröhlich in der Vergangenheit kennengelernt?»

Die Kuhlengräber, c 2022 Klaus-Dieter Budde

«Oh der Fröhlich ist verheiratet! Darum die Geheimniskrämerei. Nein, ich hatte nicht das Vergnügen, die Dame kennenzulernen.»

Jörg hat genug gehört und macht sich wieder auf den Weg nach Stade in die Dienststelle. Dort stößt er auf Vivian und Heino, die nicht die beste Laune haben. Bei einem Becher Kaffee tauschen sie die Ermittlungsergebnisse aus.

Kapitel 12

Wolfgang Fröhlich steht auf der Einfahrt der Fröhlich-Villa und unterhält sich mit dem Polier einer Baufirma über den Baufortschritt. Er hat eine Reihe von Veränderungen an dem Objekt veranlasst. Seine Tochter Merle erhält einen eigenen Wohnbereich und eine zusätzliche Garage ist geplant.

«Herr Fröhlich, ich denke, in vier Wochen sind wir fertig mit den Umbaumaßnahmen. Parallel errichten wir den Garagenanbau und schließen das Projekt mit den Pflasterarbeiten ab!», fasst der Polier das Bauvorhaben zusammen.
«Schön, da unterrichte ich den Maler, damit er im Anschluss sofort anfängt.»
Wolfgang Fröhlich verabschiedet den Polier und strebt ins Haus, da kommt ein Wagen die Auffahrt hinauf. Wolfgang Fröhlich erkennt das Kommissaren Paar und schreitet auf den Wagen zu, um die Beamten zu begrüßen.

«Moin Frau Steffens! Moin Herr Kleinemeier!», begrüßt er die beiden mit Handschlag.
«Was kann ich für Sie tun?»
«Moin, moin Herr Fröhlich, gehen wir einen Augenblick hinein? Wir haben da ein paar Unwägbarkeiten und hoffen Sie helfen uns, diese aufzuklären!», sagt Heino Kleinemeier und deutet auf die Haustür.
«Klar treten Sie ein!» Zeigt Fröhlich auf den Eingang und hält den Kommissaren die Tür auf.
Nachdem sie sich gesetzt haben, stellen Vivian und Heino ihre

Die Kuhlengräber, c 2022 Klaus-Dieter Budde

Fragen. Wolfgang Fröhlich hat kein Problem damit, den Beamten von seiner Homosexualität zu berichten. Er erzählt von seiner Liebe zu Hagen Gräber und wie es dazu kam.

«Wusste Ihre Ehefrau Meike von Ihrer Beziehung zu Hagen Gräber?», hakt Kriminaloberkommissarin Vivian Steffens nach. «Nein! Zur Zeit meiner Ehe hielten wir das geheim. Erst mit dem Auszug habe ich der Tochter davon erzählt. Merle hat das locker aufgenommen, junge Menschen sind da anders gestrickt wie unsereins.»
«Mit Ihrer Ehegattin haben Sie nie darüber gesprochen?» Heino Kleinemeier fragt noch mal nach.
«Nein nie!», versichert Wolfgang Fröhlich glaubhaft.
«Auch Merle hat mit meiner Frau nie darüber gesprochen! Das hat sie mir letztens glaubhaft versichert!», fügt er an.
«Kommen wir zu Ihrem Partner. Hat Hagen Gräber mit Benno seinem Bruder über Ihre Beziehung gesprochen?», fragt Vivian und trinkt einen Schluck von dem Tafelwasser, welches Herr Fröhlich zu Beginn des Gesprächs bereitgestellt hatte.
«Ich habe Kenntnis, das er mit ihm gesprochen hat und das sie eine geschäftliche Vereinbarung getroffen haben, um negative Reaktionen der Kundschaft aufzufangen.»
«Was für Verhaltensweisen sind da gemeint? Ich verstehe das ehrlich gesagt nicht!», hakt Heino Kleinemeier nach.
«Ich denke, das Benno Gräber Angst vor der allgemeinen Schwulenverunglimpfung hat, und sich dahingehend absichert. Obwohl das ja gleichermaßen eine Schwulendiskreditierung ist! Das habe ich so auch dem Hagen gesagt», ergänzt Wolfgang Fröhlich seine Ausführungen.

Vivian und Heino haben genug gehört und verabschieden sich

Die Kuhlengräber, c 2022 Klaus-Dieter Budde

von Wolfgang Fröhlich. An der Tür dreht Vivian zu Wolfgang Fröhlich um, «wo hält sich Ihre Tochter zurzeit auf?»

«Merle ist derzeit auf Verschickung, ich erwarte sie übermorgen zurück!», gibt Wolfgang Fröhlich bereitwillig Auskunft.

«Alles Friede, Freude, Eierkuchen! Da stimmt doch was nicht!», äußert sich Heino Kleinemeier skeptisch auf dem Weg zum Dienstwagen.

«Der Einzige der in diesem Trio behutsam agiert ist Benno Gräber! Dem sollten wir einen Besuch abstatten», merkt Vivian Steffens an.

«Besser wir bestellen ihn in die Dienststelle!» Kriminalhauptkommissar Kleinemeier greift zum Mobiltelefon und telefoniert mit dem Bestatter.

«Morgen um elf Uhr ist er bei uns!», sagt er zu Vivian und lehnt sich zufrieden zurück.

Vivian bringt den Wagen sicher zur Teichstraße und stellt ihn vor dem Polizeigebäude ab.

«Hat Benno Gräber nicht gefragt, warum er zur Dienststelle muss?», fragt Vivian nach.

Sie hat die Kenntnis, dass die Gräber Brüder erst am Morgen zur erkennungsdienstlichen Untersuchung in der Dienststelle waren.

«Nein, keinerlei Nachfrage!», antwortet Heino.

Sie beraten sich mit ihren Kollegen, sehen die Post durch und gehen in den wohlverdienten Feierabend.

*

Kriminaloberkommissarin Vivian Steffens, begibt sich auf den Weg nach Wiepenkathen. Heute Abend wird sie in die

Die Kuhlengräber, c 2022 Klaus-Dieter Budde

Geheimnisse des Backgammonspiels eingeweiht. Sie freut sich darauf, vor allem auf das Wiedersehen mit Fiete, den sie in ihr Herz geschlossen hat. Fiete ist ein heller Kopf mit Trisomie 21, den Vivian aus einem früheren Fall kennt. Ihr Kollege Kriminalkommissar Jörg Merkens hat Fiete gemeinsam mit seiner Lebensgefährtin adoptiert. *Die drei sind eine richtig tolle Familie,* denkt Vivian, wie sie auf den Klingelknopf drückt. Fiete öffnet ihr die Tür und fällt ihr gleich um den Hals.

«Du willst heute trainieren?», fragt er aufgeregt.

Vivian umarmt den Jungen und nickt, ihr stehen die Freudentränen in den Augen. Das geht ihr jedes Mal so, wenn sie Fiete trifft, die Erinnerung an seine Lebensgeschichte mit dem glücklichen Ende, nimmt sie immer wieder emotional mit.

«Du weinst ja!?», ruft Fiete besorgt.

«Das sind Freudentränen! Weil ich dich solange nicht gesehen habe!», beruhigt Vivian ihren Gastgeber.

Jörg Merkens ihr Kollege und Andrea Wilbau seine Lebensgefährtin bitten sie hinein. Gemeinsam sitzen sie wenig später am runden Esszimmertisch und lassen sich von Fiete in das Regelwerk des Backgammons einweisen. Sie haben Spaß und es ward ein langer Abend. In einer Spielpause beim Abendbrot deutet Vivian mit fragendem Blick auf die leichte Wölbung unter dem Sommerkleid von Andrea Wilbau. Andrea grinst und nickt verstohlen, dabei legt sie ihren Zeigefinger vor den Mund. Vivian lächelt verstehend und widmet sich dem Abendessen. Spät in der Nacht verlässt sie die Freunde, sie freut sich für die beiden.

*

Die Kuhlengräber, c 2022 Klaus-Dieter Budde

Benno Gräber ist stinkig, gestern war er zur erkennungsdienstlichen Untersuchung im Revier und heute gedenken die Herren Polizisten wieder mit ihm zu sprechen. Mit ordentlich Druck auf dem Kessel betritt er die Dienststelle an der Teichstraße und erkundigt sich an der Einlasskontrolle nach dem Weg.

«So schnell geht das hier nicht! Bitte warten Sie gegenüber im Wartebereich, bis man Sie abholt! Sie waren doch gestern hier? Da müssen Sie das doch wissen!», ruft der Diensthabende Beamte, wie er bemerkt das, Gräber gleich durchgeht.

Bald darauf kommt Kommissar Manuel Pieper und holt ihn ab. Schweigsam wandeln sie über die Flure des Dienstgebäudes. Der Kommissar verbringt Benno Gräber in den Vernehmungsraum der Mordkommission. Benno schaut sich um, in diesem Raum war er noch nicht, die bisherigen Anhörungen fanden im Büro von Kriminalhauptkommissar Kleinemeier statt.

Benno Gräber schwant Böses.

Kriminaloberkommissarin Steffens und der Chefermittler betreten den Raum und setzen sich gegenüber auf die bereitgestellten Stühle. Nach einer kurzen Begrüßung schreibt Vivian die persönlichen Daten von Benno Gräber auf und der Kriminalhauptkommissar eröffnet die Befragung.

«Herr Gräber, kannten Sie Bertram Fröhlich, bevor Sie ihn eingesargt haben?»

«Nein! Ich kannte den Fröhlich nicht.»

«Was ist mit Ihrem Bruder, kannte der den Bertram Fröhlich?», stellt Vivian Steffens die nächste Frage.

Benno Gräber hebt die Schultern.

«Das fragen Sie ihn am besten selbst. Ich habe nicht bemerkt, das Hagen mit dem Leichnam bekannt ist, als wir diesen abgeholt haben.»

«Ah, Sie haben den Toten zusammen im Klinikum abgeholt! Wie lief das ab?», hakt Heino nach.

«Wie so was abläuft? Wie immer wird der Leichnam nach Durchsicht der Papiere an uns übergeben.»

«Wo?»

«Im Kühlraum, in den unteren Katakomben des Klinikums!»

«Im Keller?» Vivian ist genervt, ob der unpräzisen Antworten.

«Ja, in einem der Untergeschosse befindet sich ein Kühlraum, in dem die anfallenden Sterbefälle verwart sind. Wie in jedem Klinikum!», sagt Benno Gräber.

Er hat bemerkt, dass die Kommissarin ihn unter Druck setzen will, um ihn in Widersprüche zu verwickeln. Er grinst sie an.

«Was bezwecken Sie mit dieser Fragerei? Der Polizei sind die Abläufe im Klinikum bekannt!»

Kriminalhauptkommissar Kleinemeier greift ein und stellt die nächste Frage.

«Seit wann wissen Sie von dem Verhältnis ihres Bruders mit Wolfgang Fröhlich?» Das saß! Benno Gräber zeigt eine Reaktion, die darauf schließen lässt, dass er das nicht wusste.

«Hagen ist mit Wolfgang Fröhlich zusammen?», fragt er ungläubig und schlägt sich die Hände vors Gesicht.

«Es war Ihnen nicht bekannt?»

«Nein! Woher!», bestätigt Benno Gräber die Annahme.

«Hat Ihnen Ihr Bandkollege nicht von der Begegnung mit Ihrem Bruder und Wolfgang Fröhlich in Hamburg berichtet?», mischt Vivian sich wieder ein.

«Siggi hat mir davon erzählt, dass er meinen Bruder mit einem

Die Kuhlengräber, c 2022 Klaus-Dieter Budde

Mann in dieser Bar gesehen hat. Namen hat er nicht genannt, er kennt den Fröhlich ja nicht», schildert Benno Gräber. Zusammen mit seiner Reaktion erscheint das glaubhaft. Heino Kleinemeier beendet die Vernehmung und entlässt den Bestatter nach Hause. Da ist nichts Greifbares, da ist eine Nachrecherche zwingend erforderlich.

Am Nachmittag ist Heino mit Vivian im Elbeklinikum unterwegs. Sie haben vor noch mal mit der Stationsschwester sprechen. Die Schwester arbeitet in Spätschicht und hat mit ihnen ein Treffen in der Cafeteria des Klinikums verabredet. Nachdem sich jeder ein ordentliches Stück Sahnetorte auf den Teller gelegt hat, sitzen sie zusammen an einem runden Tisch am Fenster und genießen zunächst ihren Kaffee.
Sie lassen mit der Stationsschwester abermals den Nachmittag und den Abend Revue passieren, an dem Bertram Fröhlich verstarb.
Die Schwester berichtet von den Besuchern, die den Patienten aufgesucht haben und von der Begegnung mit Meike Fröhlich. Alle Angaben sind identisch mit ihrer ersten Aussage.
«Sagen Sie, was hat Sie denn von Meike Fröhlich abgelenkt, weshalb Sie nicht gesehen haben, ob Meike ihren Schwager besucht hat oder nicht?», erkundigt sich Heino Kleinemeier.
«Ich bin dem Benno hinterher, der hat hier eine Tasche abgeholt, die einem seiner Kunden gehörte. Ich habe ihn angewiesen, dass er sich künftig bei mir anmeldet. Darf ja nicht jeder hier herumlaufen, wie er möchte!», berichtet die Schwester.
«Sie sprechen hier nicht von Benno Gräber?», entfährt es Vivian.

«Ich habe keine Ahnung, wie der Benno mit Familiennamen heißt! Er oder sein Bruder holen hier hin und wieder die Habseligkeiten von verstorbenen Patienten ab. Ich hab gehört das, dass Kuhlengräber sind. Bin mir aber nicht sicher.»

Bingo! Wertet Heino Kleinemeier und schaut zu Vivian, die mit leuchtenden Augen zugehört hat.

«Danke! Sie haben uns sehr geholfen.» Heino gibt der Stationsschwester die Hand und zeigt auf den Kaffeetisch. «Kaffee und Kuchen geht auf uns!», sagt er und deutet Vivian an, das verzehrte zu bezahlen.

Vivian verabschiedet sich von der Krankenschwester und begibt sich kopfschüttelnd auf den Weg zur Kasse.

«Zwölf Euro sechzig!», erbittet sie im Fahrzeug von Heino Kleinemeier, der sie erstaunt ansieht.

«Halbe-Halbe habe ich gedacht», vermeldet Heino seinen Wunsch nach Teilung der Rechnung.

«Ist die Hälfte, ist ein Klinikum und kein Kreiskrankenhaus!», witzelt Vivian, die weiß, das Heino sich schwertut mit der Geldausgabe.

Sie erhält die Euros und zufrieden ob des Ergebnisses ihrer Anhörung fahren sie zurück in die Teichstraße zu den Kollegen.

Die Kuhlengräber, c 2022 Klaus-Dieter Budde

Kapitel 13

Gegen neun Uhr dreißig greift Vivian Steffens zum Telefon, sie hat einen Einfall und reagiert, ohne lange zu überlegen.

«Kriminaloberkommissarin Steffens, ich habe da eine Frage zu unserem Fall!»

«Ja da schießen Sie mal los! Unter Umständen kann ich der Polizei helfen», sagt Dr. Vet. Schleiche überrascht.

Er hatte gedacht, dass er aus dem Kreis der Verdächtigen ausgeschieden ist.

«Ist Ihnen ein Herr Benno Gräber bekannt, oder gehört er darüber hinaus zu Ihren Patienten?», fragt Vivian behutsam nach.

Es ist eine Ahnung, mehr nicht.

«Der Benno Gräber? Klar, seine Agame sind bei mir in Behandlung!», berichtet der Veterinär.

«Wissen Sie zufällig, ob Benno Gräber und Meike Fröhlich sich in Ihren Räumen begegnet sind?», stellt Vivian ihre nächste Frage.

«Sicher kannten die sich! Der Benno hat von der Meike nicht wenige Jungtiere gekauft. Sie müssen wissen die Meike Fröhlich hat diese Agame gezüchtet und damit Handel getrieben. Nach meiner Kenntnis waren die auf der Tier-Ebene extrem dicke!», erklärt der Tierarzt.

«Danke für Ihre Auskunft Herr Doktor», sagt Vivian, «Sie haben mir entscheidend geholfen!»

Nachdem sie den Hörer auf die Gabel gelegt hat, lehnt sie sich in ihrem Stuhl zurück und atmet hörbar aus.

Ihr Instinkt hat ihr wieder einmal geholfen. Eilends steht sie auf und eilt zu Heino Kleinemeier ins Büro. Da der telefoniert,

Die Kuhlengräber, c 2022 Klaus-Dieter Budde

spaziert sie angespannt vor seinem Schreibtisch auf und ab und wartet begierig auf das Gesprächsende.

«Was ist los mit dir? Du springst hier vor meinem Schreibtisch herum, wie ein aufgescheuchtes Eichhörnchen!», raunzt Heino Kleinemeier sie unwirsch an, er fühlt sich gestört bei seinem Telefonat.

«Ich bin bei den Ermittlungen einen beachtlichen Schritt weitergekommen!» Vivian grinst den Leiter der Mordkommission herausfordernd an.

«Nun sag schon, was du herausbekommen hast.» Heino ist gespannt wie ein Flitzebogen.

Vivian berichtet ihm von dem Gespräch mit dem Tierarzt. Heino ist mitgerissen, gemeinsam mit dem Team ersinnen sie eine Strategie, wie sie den Mörder von Bertram Fröhlich dingfestmachen.

*

Benno Gräber ist beunruhigt, dessen ungeachtet geht er seiner Arbeit nach. Das Geschäft darf unter keinen Umständen gefährdet werden, dafür haben sie Jahre der Leiden über sich ergehen lassen, um es dahin zu bringen, wo sie zurzeit stehen. Sie haben einen guten Ruf in der Branche, den gilt es zu erhalten. Das Hagen mit seiner schwulen Veranlagung das ganze ins Wanken brachte, war ihm nicht bewusst. Erst wie Benno mit ihm darüber sprach, war er bereit seinen Namen aus dem Inhaberportfolio zu streichen.

Nichts! Reingarnichts soll das Beerdigungsinstitut Gräber und den guten Ruf des Hauses gefährden!

Mit diesen Gedanken öffnet Benno Gräber den Leichensack eines neuen Kunden. Ein Arbeitsunfall, der Arbeiter war aus großer Höhe bei Verrichtungen an einem Hochspannungsmast abgestürzt.

Benno wuchtet den Leichnam mit einem Mitarbeiter auf den Arbeitstisch und macht sich daran den Toten zu entkleiden. Er hat seine Mühe mit dem Öffnen der schweren Sicherheitsschuhe und greift zu guter Letzt ein Cuttermesser, um die Schnürsenkel zu entfernen. Hagen sein Bruder, der dazugekommen ist, hilft beim Entkleiden des Unfallopfers. Danach reinigen sie gemeinsam den Leichnam.

«Moin!», ruft Kriminalkommissar Manuel Pieper. Er steht Knall auf Fall mit zwei Beamte in Uniform im Arbeitsraum des Beerdigungsinstitutes.
Benno und Hagen Gräber schauen erschrocken auf.
«Was treibt Sie denn wieder her?!», blafft Hagen Gräber die Polizeibeamte an.
«Lass gut sein Hagen, die gehen nur ihrer Arbeit nach», sagt Benno und hält seinen Bruder, der auf die Staatsdiener zustürmt, am Arm zurück.
Manuel Pieper zeigt den Gräber-Brüdern einen Durchsuchungsbeschluss für die Hausdurchsuchung der Wohnung Benno Gräber vor.
«Auf Benno haben Sie sich eingeschossen! Fällt Ihnen nichts Besseres ein als unbescholtene Bürger zu belästigen!», legt Hagen Gräber wieder los.

Das Team der Spurensicherung trifft ein, gemeinsam folgen sie Benno Gräber in seine Wohnung über den Geschäftsräumen.
Das Gezeter von Hagen Gräber ignorieren sie zunächst!
Erst wie dieser partout nicht nachlässt, weist

Kriminalkommissar Pieper ihn lautstark in die Schranken. Verdutzt verkrümelt sich Hagen zurück in den Arbeitsraum und kümmert sich um den Leichnam. In Gedanken ist er bei seinem Bruder, dabei hat er ein ungutes Gefühl oder ist es eine Vorahnung?

Die Durchsuchung der Wohnung ergibt einiges, da ist der private Laptop von Benno Gräber, der regen E-Mail-Verkehr mit Meike Fröhlich dokumentiert und eine Sammlung verschiedener Agame, wie Dr. Schleiche berichtet hat. Manuel Pieper als Liebhaber der Exoten schaut sich die einzelnen Tiere an. Da sind Bergagame und Bartagame.
«Der eigentliche Lebensraum der tagaktiven Agame sind sowohl Wüsten als auch Steppen und Urwälder. Innerhalb der Familie der Schuppenkriechtiere bilden sie eine eigene Unterart.» Manuel schaut sich um, Teile des Teams der Spurensicherer haben sich um ihn gescharrt und folgen seinen Erklärungen.
«Hier hinten ist eine Insektenzucht!», ruft einer der Beamte.

Manuel erklärt dem Kollegen, das die Nahrung der Agame überwiegend aus Insekten aller Art bis hin zu Kleinsäugern besteht und der Halter sich demzufolge einen Vorrat an frischem Futter hält.
Benno Gräber schaut dem wirken der Polizei in seinen Wohnräumen wortlos zu. Da wendet er sich an Kriminalkommissar Pieper.
«Suchen Sie hier was Konkretes, oder stochern Sie hier im Trüben herum, in der Hoffnung etwas zu finden, aus dem Sie mir dann einen Strick drehen?»

Die Kuhlengräber, c 2022 Klaus-Dieter Budde

«Das lassen Sie unsere Sorge sein! Sie packen sich bitte ein paar Sachen ein, denn Sie begleiten uns zum Kommissariat!», sagt Manuel und nickt einem uniformierten Kollegen zu, damit der den Verdächtigen nicht mehr aus den Augen lässt.
Benno ist erschrocken. Da hatte er nicht mit gerechnet.
Langsam kommt ihm der Verdacht, dass die Kommissare ihm auf der Spur sind. Obwohl, warum suchen sie dann hier so undifferenziert herum? *Mitnichten* denkt Benno Gräber und packt ein paar Sachen ein, wie vom Kommissar angewiesen.
Eine Streife verbringt ihn ins Kommissariat nach Stade.

Manuel Pieper dreht mit seinen Ermittlern jeden Stein um und sichert all das, was verdächtig erscheint, um es mit nach Stade zu nehmen. Spät am Abend rückt er mit seinem Team ab.
Hagen Gräber steht wortlos an der Tür und schaut den Beamten bei der Abfahrt zu. *Was hat Benno angestellt?* Rätselt er und schlurft fröstelnd ins Haus. Dort schenkt er sich einen Gin ein und trinkt ihn in einem Zug aus. Dem einen folgt der Nächste, das zelebriert er, bis er müde vor dem Fernseher einschläft.

*

Als Manuel Pieper auf dem Kommissariat eintrifft, erklärt Kriminalhauptkommissar Heino Kleinemeier ihm, das Benno Gräber aufgrund der Verdachtsmomente vorläufig in Haft ist.
«Den vernehmen wir morgen Mittag, wenn wir die Auswertung der Hausdurchsuchung haben!», erklärt Heino.
«Wir haben Gräber das Mobiltelefon abgenommen und einen Verbindungsnachweis vom Provider angefordert», fügt er hinzu.

Die Kuhlengräber, c 2022 Klaus-Dieter Budde

«Die haben mir das Ergebnis für morgen früh zugesagt!»

«Oh, das Telefon haben wir vergessen. Dafür haben wir den Laptop mit dem E-Mail-Verkehr zwischen Benno und Meike sichergestellt.»

«Super! Das mit dem Telefon ist mir aufgefallen als der Beamte, der Benno Gräber in die U-Haft gebracht hat, es mir grinsend übergab. Guter Mann! Der hat mitgedacht!», lobt Heino den Einsatz des Kollegen.

Er weiß ohne die Unterstützung der Berufskameraden in Uniform und deren Informationen, ist die Kriminalpolizei halb so erfolgreich. Oft führen Hinweise der Uniformträger zum Erfolg.

«Für heute ist Dienstschluss! Der Tag war lang.» Heino streckt sich und zieht sein Jackett an.

«Lust auf ein ordentliches Männergetränk?», fragt er Manuel. Dieser hebt den Daumen empor und gemeinsam stiefeln sie in die Altstadt, um einen geeigneten Ausschank zu suchen.

«Hier! Da ist was los und die Musik ist ansprechend.» Manuel zeigt auf den Eingang zum Fiddler's Green einem Irish Pub, der sich im Zeughaus angesiedelt hat. Bei einem Pint Kilkenny lassen sie den Tag bei guter Musik ausklingen.

Die Kuhlengräber, c 2022 Klaus-Dieter Budde

Kapitel 14

Hagen Gräber hat in der Nacht hundsmiserabel geschlafen. Immer wieder musste er an seinen Bruder denken. Am frühen Morgen schlappt er zu Bennos Wohnung hinüber, um zu schauen, ob er Belastendes gegen seinen Bruder findet. Dass die Tür mit einem Polizeisiegel versiegelt ist, ist ihm egal, zumal es darum geht dem Bruder zu helfen.

Hagen schaut in den Schubladen der Schränke und allen möglichen Verstecken, wie Kartons, Schachteln und ähnlichen Behältnissen nach. Nichts Verdächtiges ist auszumachen. Erst wie er sich die Kunststoffboxen in der Kühltruhe ansieht, findet er Bedenkliches. In einer der Boxen sind neun Ampullen mit einer gelben Flüssigkeit eingebettet in Tiefkühlerbsen gelagert. Hagen klaubt die Box an sich und wickelt sie in ein Küchentuch ein. Just wie er die Wohnungstür verschließt, steht unvermittelt Kommissar Pieper mit einem Kollegen hinter ihm.

«Das ist nett, das Sie unsere Arbeit bereiten», sagt der Kriminalkommissar und nimmt ihm das Päckchen ab.

«Ich denke, das Sie entgegen der Durchsuchung gestern, was gefunden haben!»

Das Hagen Gräber nicht antwortet, zeigt Manuel Pieper an, dass er korrekt getippt hat. Gemeinsam mit seinem Kollegen Jörg Merkens schaut er sich den Inhalt des Päckchens an.

«Bingo!», ruft er aufgeräumt und verschließt die Box wieder.

Manuel Pieper hat am Vorabend lange mit Heino Kleinemeier im Fiddler's Green zusammengesessen und über den Mord an Bertram Fröhlich gesprochen. Auf dem Nachhauseweg fiel ihm ein, dass niemandes in die Kühltruhe geschaut hat. Das bestätigte ihm der Leiter der Spurensicherung, den Manuel aus dem Tiefschlag geholt hat, auf telefonische Nachfrage. Manuel rief Jörg Merkens in der Nacht an und sie verabredeten sich für den frühen Morgen, um vor Dienstbeginn diesen Fauxpas auszumerzen. Jörg versiegelt die Wohnungstür neu. Er belehrt Hagen Gräber über die Folgen eines nochmaligen Siegelbruchs.

«Herr Gräber, unter einem Siegelbruch nach § 136 Abs. 2 StGB versteht man das Beschädigen, Entfernen oder Unkenntlichmachung eines amtlichen Siegels, welches durch einen Beamten angebracht worden ist, um eine Sache zu verschließen, zu bezeichnen oder zu beschlagnahmen. Die Tat ist strafbar und wird mit einem Strafmaß durch Freiheitsstrafe bis zu einem Jahr oder Geldstrafe bestraft!

Heute sehen wir von einer Strafverfolgung ab und werten das als Dummheit. Beim nächsten Versuch wirds eng für Sie!»

Hagen Gräber gibt sich zerknirscht und begibt sich reumütig in seine Wohnung, die sich auf der gleichen Etage befindet.

Die Kriminalkommissare, Manuel Pieper und Jörg Merkens grinsen sich an, wie sie auf dem Parkplatz vor dem Bestattungsinstitut in ihre Fahrzeuge stiegen.

«Alles richtig gemacht!», ruft Jörg und zeigt den Daumen nach oben, als er losfährt.

Später auf der Dienststelle lassen sie das sichergestellte Asservat direkt zur Rechtsmedizin verbringen.

Telefonisch haben sie Dr. Grit Birkenfels vorab eingeweiht. Da der reguläre Dienstbeginn ein bisschen hin ist, sitzen sie bei einem Becher Kaffee beisammen und genießen den Erfolg. Sie sind gespannt, was Heino Kleinemeier, der Leiter der

Mordkommission sagt.

*

Benno Gräber hatte sich gerade eben frisch gemacht, da dreht sich der Schlüssel im Zellenschloss.
«Guten Morgen Herr Gräber. Hier ist Ihr Frühstück!», sagt der Schließer und stellt das Tablett auf den bescheidenen Tisch.
«Danke.» Benno Gräber probiert zunächst den Kaffee, der ist nicht übel. Das Brot und die Schlimme-Augen-Wurst sind nicht sein Fall. Er beschließt, mit leerem Magen in die Vernehmung zu gehen.
Kurze Zeit später kommt das Abholkommando, um ihn zum Kommissariat zu verbringen. Da Benno keinen Einblick hat, was die Kommissare ihm nachweisen können, sieht er der Vernehmung mit enormer Anspannung entgegen.

*

Kriminalhauptkommissar Kleinemeier ist angetan ob des erfreulichen Ermittlungsergebnisses seiner beiden Kommissare. Wenn sich bestätigt, was sie in den Ampullen vermuten, sind sie bei der Lösung des Falls einen gewaltigen Schritt weiter.
«Das habt Ihr prima hinbekommen!», lobt Heino die beiden. Manuel Pieper und Jörg Merkens klopfen sich gegenseitig auf die Schulter, gleich darauf sind sie wieder ernst und bereiten sich auf die Vernehmung vor.
Sie eröffnen die Vernehmung und Heino stößt später mit dem Ergebnis der Rechtsmedizin dazu, um den Delinquenten mit dem Beweis unter Druck zu setzen. Das ist die Planung.
Da erscheint zu unpassender Zeit, Staatsanwalt Gunnar

Die Kuhlengräber, c 2022 Klaus-Dieter Budde

Zipperlein und legt fest, das er mit dem Kriminalhauptkommissar das Verhör eröffnet.

Gegenargumente wischt er mit einer unwirschen Handbewegung vom Tisch.

Angefressen begeben sich Manuel und Jörg an ihre Arbeitsplätze, gern hätten sie dem Totengräber auf den Zahn gefühlt.

«Moin!», ruft Kriminaloberkommissarin Steffens in den Raum, als sie zum Dienst erscheint.

Sofort bemerkt sie die gedämpfte Stimmung und fragt nach.

«Was ist los? Wer hat euch so zugesetzt? Lasst mich raten, unser gemeinsamer Freund der Herr Staatsanwalt?»

Manuel und Jörg nicken einmütig, sie berichten von dem geplanten Vorhaben und dem Eingreifen des Anklägers.

«Macht euch nichts draus! Das meint er nicht persönlich, ist halt kein Teamplayer unser Vertreter der Anklage», beruhigt sie die Kollegen.

Sie hat mit Gunnar Zipperlein ihre Erfahrungen und weiß, das sich darüber ärgern, keine Lösung ist.

«Jungs, wenn das Laborergebnis da ist, überraschen wir die beiden und stiefeln gemeinsam hinein.»

Kriminalkommissar Pieper schüttelt den Kopf.

Wenn das man gut geht, denkt er.

Kapitel 15

Kriminalhauptkommissar Kleinemeier begrüßt Benno Gräber kurz und knapp. Zuerst spricht er die persönlichen Daten Gräbers in das Aufnahmegerät, während der Staatsanwalt hinter dem Delinquenten auf und ab schreitet! Spontan setzt er sich gegenüber von Benno Gräber neben Heino Kleinemeier und stellt die erste Frage.

«Herr Gräber durch Zeugenaussagen haben wir Kenntnis erhalten, dass Sie mit Meike Fröhlich im Tierhandel verbandelt waren. Ist das korrekt?»

Der Bestatter schaut erstaunt auf, damit hat er nicht gerechnet.

«Ja das ist korrekt! Wir haben uns gegenseitig in der Agamenzucht unterstützt, was ist daran verwerflich?», fragt Benno provozierend.

«Unschön ist zunächst, das Sie uns die Bekanntschaft verschwiegen haben», antwortet der Staatsanwalt und schaut fragend auf den Kriminalhauptkommissar.

Heino nickt bestätigend und sagt: «Herr Gräber hat die Bekanntschaft zu Meike Fröhlich vehement abgestritten!»

«Sehen Sie und Lügen haben kurze Beine.»

Benno zieht den Kopf zwischen die Schultern und wartet ab.

«Haben Sie Kenntnis davon, dass besagte Meike Fröhlich im Darknet nach Tiergiften recherchiert hat?», versucht Heino Kleinemeier den Druck auf den Rechtsbrecher zu erhöhen.

«Nein das habe ich nicht gewusst!», reagiert der Totengräber etwas zu rasch auf die Frage.

Heino lächelte und wechsle zunächst das Thema.

«Weshalb waren Sie am Tag vor dem Tod von Bertram Fröhlich

Die Kuhlengräber, c 2022 Klaus-Dieter Budde

im Elbeklinikum? Hier haben wir Zeugen, die Ihre Anwesenheit auf der Station, auf der Bertram Fröhlich lag, bestätigen.»

«Ich habe die Habseligkeiten eines Verstorbenen abgeholt!», rechtfertigt Gräber seinen Aufenthalt auf der Station.

«Mitnichten!», frohlockt der Staatsanwalt.

«Die Tage vor dem Tod von Fröhlich ist im gesamten Klinikum nicht ein Mensch gestorben, somit waren dort keinerlei Habseligkeiten abzuholen!», legt er nach.

Benno Gräber grient und schüttelt den Kopf.

«Beweisen Sie mir das es nicht so war!»

«Nee, das tun wir nicht! Sie haben uns belogen, Bertram Fröhlich war Ihnen bekannt und Sie kannten Meike Fröhlich, da liegt es auf der Hand das Sie zusammengearbeitet haben. Sie haben gemeinsam den Tod von Fröhlich geplant!»

«Nein, auf keinen Fall! Damit habe ich nichts zu schaffen!», bestreitet Benno Gräber den Mord.

«Pause?», fragt Heino und sieht den Staatsanwalt auffordernd an.

«Ok Pause!», lenkt der Ankläger ein und steht auf.

Gemeinsam eilen sie ins Großraumbüro. Bei einem Becher Kaffee tauschen sie sich angeregt über die weitere Vorgehensweise aus. Heino ist dafür zu warten, bis das gefundene Asservat ausgewertet ist. Gunnar Zipperlein, der Staatsanwalt plädiert dafür, den Gräber weiter unter Druck zu setzen.

«Da haben wir die Chance, zeitnah an ein Geständnis zu kommen!»

Kriminalhauptkommissar Kleinemeier sieht das anders, er hat bemerkt, dass Benno Gräber sie durchschaut hat. Der

Die Kuhlengräber, c 2022 Klaus-Dieter Budde

argwöhnt, dass sie nichts Konkretes haben, und boykottiert mit an Sicherheit grenzender Wahrscheinlichkeit eine erneute Vernehmung. In letzter Konsequenz gibt Heino sich geschlagen und führt das Verhör fort.

*

Dr. Grit Birkenfels telefoniert zu gleicher Zeit mit der Rechtsmedizin in Hannover. Die analysieren zurzeit den Inhalt der gefundenen Ampullen in ihrem Labor.

«Frau Dr. Birkenfels, wir sind da dran! Selbst wenn Sie alle fünf Minuten hier anrufen, es braucht seine Zeit solch eine Probe zu untersuchen!», der Leiter der Hannoveraner Kollegen ist verschnupft ob der wiederholten Nachfrage aus Stade. Obwohl er nachvollziehen kann, dass die Berufskameraden aus dem Norden das Ergebnis brauchen. Er hat die Information, dass da seit geraumer Zeit ein Tatverdächtiger in U-Haft sitzt.

«Wir beeilen uns! Versprochen», sagt er und beendet das Gespräch.

Grit Birkenfels sieht Kriminaloberkommissarin Vivian Steffens an und schüttelt den Kopf. «Noch haben die kein Ergebnis!», sagt sie resigniert.

Sie hat es ein paarmal versucht an diesem Vormittag.

«Warten wir es ab!», sagt Vivian und schenkt beiden Kaffee nach.

Jörg Merkens, der zusammen mit Manuel Pieper das Treiben der Kolleginnen mit Interesse verfolgt, setzt sich daneben und berichtet von dem Disput zwischen Heino und dem Ankläger, über die Anhörung des Verdächtigen, den er mitbekommen

Die Kuhlengräber, c 2022 Klaus-Dieter Budde

hat.

«Das wird ja ein Spaß nachher!» Vivian reibt sich die Hände.

Wenig später eilt das Quartett gemeinsam in die Mittagspause.

*

Gunnar Zipperlein der Staatsanwalt, klappt seine Unterlagen zusammen und steht auf.

«Ok ich habe es begriffen! Wir sprechen nach der Mittagspause weiter, wenn bis dahin Ihr Rechtsbeistand hier ist.»

Der Anklagevertreter ist verdrossen, hätte er auf den Kriminalhauptkommissar gehört, wäre ihm die letzte Stunde erspart geblieben.

«Ja dann!», sagt Heino Kleinemeier und weist den begleitenden Beamten an, Benno Fröhlich zurück in den Gewahrsam zu bringen.

Zusammen mit dem geknickten Staatsanwalt fährt er in die Innenstadt. Bei einem ausgiebigen Spaziergang lassen sie die bisherige Vernehmung Revue passieren und kommen zu dem Ergebnis, das sie keinen Deut weitergekommen sind. Bei Fisch&Chips und einer Cola beraten sie die weitere Vorgehensweise. Dabei gehen sie davon aus, dass die Analyse der Ampullen positiv ist.

«Wenn wir da kein erfreuliches Ergebnis erhalten, müssen wir Gräber vorerst laufenlassen!», stellt der Staatsanwalt abschließend fest.

«Ja da haben Sie recht! Aber so weit sind wir noch lange nicht.» Klingt Heino da zuversichtlicher.

Die Kuhlengräber, c 2022 Klaus-Dieter Budde

*

Zwei Stunden später: Die Vernehmung ist im vollen Gang, als die Mail aus Hannover eintrifft. Dr. Birkenfels, die Rechtsmedizinerin erläutert den Ermittlern im Büro mit knappen Worten den Inhalt.

«...haben wir das Konzentrat eines Giftes der Trichterspinne gesichert!»

Vivian Steffens ist hochgestimmt, sie versammelt ihre drei Kollegen um sich und gemeinsam macht sich das Quartett auf den Weg zum Vernehmungsraum, der in der unteren Etage liegt.

*

Kriminalhauptkommissar Kleinemeier und Staatsanwalt Zipperlein lassen zunächst den Rechtsanwalt mit Benno Gräber sprechen. Wie dieser ihnen signalisiert, dass sein Mandant bereit für die weitere Befragung ist, betreten sie den Anhörungsraum und setzen die Vernehmung fort. Zu Beginn konfrontieren sie Benno Gräber mit der Aussage der Stationsschwester.

«Ihnen war bekannt das, Bertram Fröhlich auf der Gastroenterologie untergekommen war?», hakt der Staatsanwalt nach.

«Nein! Woher sollte ich diese Information haben?», weist Benno Gräber die Frage von sich.

«Meike Fröhlich hat nicht mit Ihnen über den Krankenhausaufenthalt ihres Schwagers gesprochen? Das kann ich mir ehrlich gesagt nicht vorstellen.»

Benno Gräber ist unsicher, was weiß die Polizei? Er schaut

Die Kuhlengräber, c 2022 Klaus-Dieter Budde

seinen Anwalt an, der nickt ihm aufmunternd zu.

«Ja ok, ich habe davon gewusst, dass der Fröhlich dort in Behandlung war, jedoch nicht auf welcher Station! Das müssen Sie mir glauben!»

«Es ist bei Ihren Kenntnissen über den Krankenhausbetrieb kein Problem, das herauszubekommen!», stellt Gunnar Zipperlein fest.

«Nein, das wohl nicht.»

Was eiern die hier herum? Die haben keine Ahnung, was damals abgegangen ist, wertet Benno Gräber und lehnt sich herausfordernd in seinem Stuhl zurück.

«Sagen Sie, was Sie mir vorwerfen! Ihr Rumgeeiere bedeutet doch, das Sie hier in der Hoffnung auf einen Treffer im Trüben fischen!», provoziert Gräber die Ermittler.

Der Staatsanwalt steht auf und sieht Benno Gräber fest in die Augen.

«Was wir Ihnen vorwerfen? Wir werfen Ihnen vor, das Sie Bertram Fröhlich auf der Station der Gastroenterologie eine Injektion in den Finger der linken Hand verabreicht haben. Diese Injektion beinhaltete ein Gift das von einer Spinne, der Trichternetzspinne, Hadronyche formidabilis gewonnen wurde. Dieses Gift hat Ihre Mittäterin Meike Fröhlich im Darknet bestellt!»

Der Anwalt von Benno Gräber, macht sich hastig Notizen und fordert Benno Gräber auf, sich künftig nicht mehr zu äußern.

«Haben Sie Beweise für Ihre zugegeben etwas abenteuerliche Anschuldigung?» Ignoriert Benno Gräber die Empfehlung seines Rechtsanwalts.

Heino Kleinemeier will die Unterstellung des Staatsanwalts so nicht stehen lassen, denn sie haben keinen Beweis für diese Theorie. Da öffnet sich die Tür und sein Team erscheint in Begleitung der Rechtsmedizinerin.

«Ja, das beweisen wir! Wir haben bei einer Nachsuche in ihrem Haus im Gefrierschrank ein gefährliches Gemüse entdeckt!», sagt Vivian Steffens und reicht den Laborbericht an den Staatsanwalt weiter.

Gunnar Zipperlein, der weiß, das er sich mit seiner Beschuldigung weit aus dem Fenster gelehnt hat, atmet hörbar aus und überfliegt den Laborbericht. Nachdem Heino das Papier ebenso gelesen hat, schaut er Benno Gräber an.

«Nun, das Papier sagt genau das aus, was der Staatsanwalt soeben vorgebracht hat! Ihre Fingerabdrücke befinden sich auf den Ampullen, die wir eingebettet in Tiefkühlerbsen gefunden haben. Die Prints von Meike Fröhlich befinden sich auf der Verpackung, die Sie oberflächlich entsorgt haben. Somit steht fest, dass Sie derjenige sind, der Bertram Fröhlich die tödliche Injektion beigebracht hat!»

Benno Gräber nickt, er schlägt die Hände vors Gesicht und verdrückt ein paar Tränen.

«Ja ich habe das getan!», flüstert er tonlos.

«Die Frage, die sich uns stellt, warum haben Sie das gemacht?», fragt Gunnar Zipperlein.

«Ich wollte verhindern, das Hagen mein Bruder mit diesem Fröhlich eine schwule Beziehung eingeht!»

«Bertram Fröhlich war nicht homosexuell!», sagt Heino Kleinemeier, er versteht nicht, was Benno Gräber sagt.

«Nachdem mir anonym von einer homosexuellen Beziehung zu Fröhlich berichtet wurde, nahm ich an, dass es sich um

Die Kuhlengräber, c 2022 Klaus-Dieter Budde

Bertram Fröhlich handelt, da Wolfgang ja eine Tochter hat.
Erst wie Hagen mir seine Liebe zu Wolfgang Fröhlich gestand,
bemerkte ich meinen fatalen Fehler.»

«Das jemand homosexuell ist, ist kein Grund, ihn
umzubringen!», sagt der Staatsanwalt mit deutlichem Vorwurf
in der Stimme.

«Ich wollte Schaden vom Geschäft abwenden!», versucht
Benno Gräber eine Rechtfertigung.

Er ärgert sich, er hatte angenommen, dass er nicht unter
Verdacht kommt, wenn er den Mord meldet. Hätte er Bertram
Fröhlich schlicht und einfach eingekuhlt, würde er heute nicht
hier sitzen. Wie er das seinem Bruder erklärt, weiß er nicht.

Kriminalhauptkommissar Heino Kleinemeier spricht die
Festnahme offiziell aus und lässt den Täter abführen.

«Mir tun Menschen mit diesem Gedankengut leid, solch eine
Denke ist so was von obsolet!» Der Staatsanwalt spricht aus,
was alle denken.

Gemeinsam eilten sie zurück ins Großraumbüro, wieder haben
sie im Team zwei schwierige Mordfälle gelöst.

Die Kuhlengräber, c 2022 Klaus-Dieter Budde

Weitere Kriminalromane von Klaus-Dieter Budde

«Der Tote im Spargelfeld»

Privatdetektiv Bernd Kühl ermittelt.

ISBN: 978-3-938097-52-6

*

«Lupus caritate»

Privatdetektiv Bernd Kühl ermittelt.

ISBN: 978-3-755790-44-0

*

«Halsabschneider»

Das Stader Kripo-Team um KHK Kleinemeier ermittelt.

ISBN: 978-3-755781-27-1

*

«Backgammon»

Das Stader Kripo-Team um KHK Kleinemeier ermittelt.

ISBN: 978-3-756294-251

Die Kuhlengräber, c 2022 Klaus-Dieter Budde